奋进者

赵杨 著

沈阳出版发行集团
沈阳出版社

图书在版编目（CIP）数据

奋进者 / 赵杨著 . -- 沈阳 : 沈阳出版社 , 2023.8
ISBN 978-7-5716-3569-5

Ⅰ . ①奋… Ⅱ . ①赵… Ⅲ . ①长篇小说—中国—当代
Ⅳ . ① I247.5

中国国家版本馆 CIP 数据核字（2023）第 105989 号

出版发行：沈阳出版发行集团｜沈阳出版社
　　　　　（地址：沈阳市沈河区南翰林路 10 号　邮编：110011）
网　　　址：http://www.sycbs.com
印　　　刷：辽宁泰阳广告彩色印刷有限公司
幅面尺寸：145mm×210mm
印　　　张：10.375
字　　　数：185 千字
出版时间：2024 年 1 月第 1 版
印刷时间：2024 年 1 月第 1 次印刷
责任编辑：杨　静
封面设计：白立冰
版式设计：白立冰
责任校对：王冬梅
责任监印：杨　旭

书　　　号：ISBN 978-7-5716-3569-5
定　　　价：58.00 元

联系电话：024-24112447
E-mail：sy24112447@163.com

本书若有印装质量问题，影响阅读，请与出版社联系调换。

目 录

楔子·001

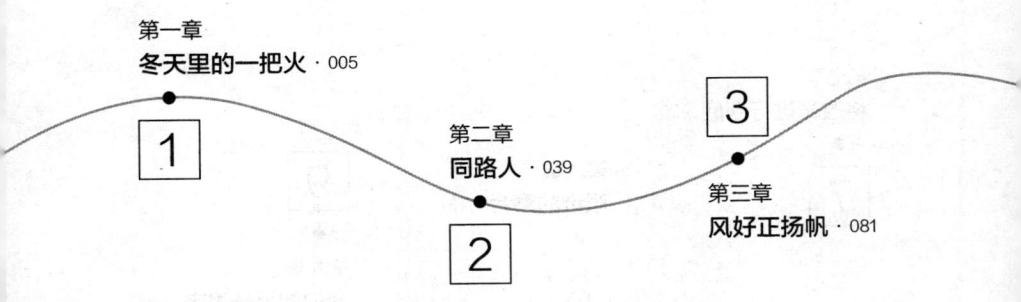

第一章
冬天里的一把火·005

第二章
同路人·039

第三章
风好正扬帆·081

第四章
追梦人的星辰大海 · 119

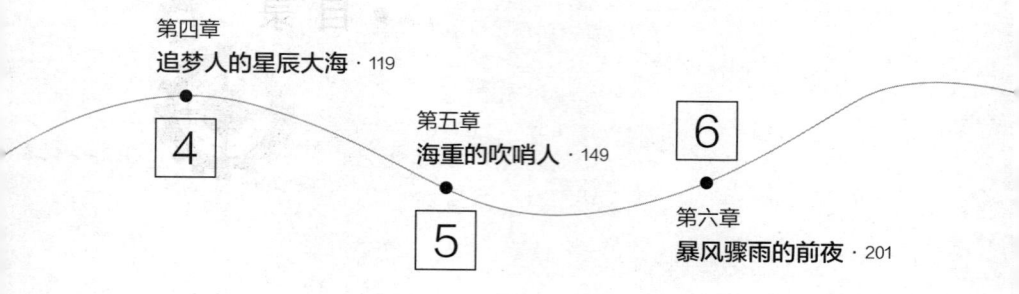

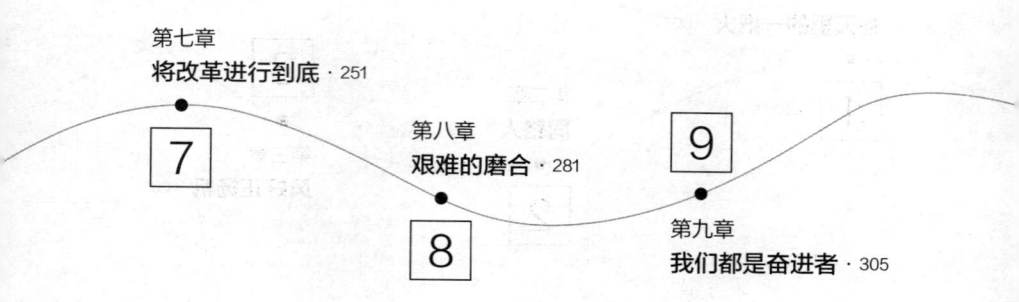

4

第五章
海重的吹哨人 · 149

5

6

第六章
暴风骤雨的前夜 · 201

第七章
将改革进行到底 · 251

7

第八章
艰难的磨合 · 281

8

9

第九章
我们都是奋进者 · 305

楔子

勤工街、俭工路、祖工巷、国工道、热工街、爱工街……

楔子

城西，记载着海山市一个世纪的历史。

一拨又一拨的春风吹绿了城西的每一条街，每一栋大厦，每一座工厂……

这里有无上的荣耀，有卑微的伤疤，有凤凰涅槃的重生，还有无数追梦人的奋斗！

海山市习惯以铁道为界来划分区域，城西区就在纵贯这座城市的铁道以西。城西是工业区，街道两边是林立的大型工厂，穿插着望不到头的铁轨和工业管道，连街名也带有工业的特殊烙印，比如"勤工街""俭工路""祖工巷""国工道"，仿佛它们都是"工"字辈分的。

王图南正沿着铁道一路西行，此刻适逢大雪天气，大风卷着雪花乌秧乌秧地压下来。他用冻得发僵的双手扒开一个个被

| 奋进者

大雪压倒的路牌,那些锈迹斑斑的路牌逐个映入眼帘——热工街,爱工街……名字是那样的滚烫、晃眼、真实和扎心。

一颗不知天高地厚的小雪粒迎着风顽皮地钻进王图南的眼底,挣扎着不想融化。他踩着冰冷的铁轨,望着周围矗立的塔吊和孤独的大烟囱,喃喃地念出:"热、爱……"

第一章

冬天里的一把火

火海里传来一声巨响,火苗噌地膨胀了数倍,巨浪般的火焰径直掀翻了工作台,拉长了数十米的火线,瞬间包围了他们。

第一章 | 冬天里的一把火

· 1 ·

2013年的冬天格外的暖,位于东北地区的海山市还没有下过一场雪,老天爷仿佛憋足了力气要攒个大招。果然,腊月二十三那天,沉默了一冬的海山市突然迎来了一场久违的大雪。

城西的产业园率先飘起了雪花。大雪下得十分迅猛,密集的雪花三五成群地裹着不能说的秘密从天而降,似乎真应了人们心中"瑞雪兆丰年"的老话。

"今年咱们海重集团大丰收了,铁定涨工资!"这是王图南今天听到最多的话。

当年,以海山重型机床厂为首,完成了数家企业的合并、重组等一系列改革,成立海重集团。如今海重集团是国内知名的机床制造、机械加工、矿山机械企业。过去，这里曾诞生过无数个行业第一的纪录，而就在今天，董事长傅觉民又将捧回一座令人引以为傲的奖杯。

全厂上万名职工都在总经理刘晓年的带领下热火朝天地准备着庆功会，厂区里简直忙开了花。有人忙着扫雪，有人忙着挂红灯笼，有人忙着挂庆功的横幅，还有人在忙着堆雪人……大门口挂着两个红绸大灯笼，连新厂牌都蒙上了一块喜庆的红绸布，那抹艳丽的红色映衬着铺天盖地的皑皑白雪，像极了雪海中的灯塔，真实又虚幻，还有几分缥缈。

比起厂区里欢闹喜庆的场面，集团设计院第一实验室倒显得冷清沉闷，准确地说是安静，安静得格格不入。科员王图南像往常一样正在认真地工作，他的个子很高，有些消瘦，满脸书卷气，一副标准的工程师形象。

这会儿他正坐在电脑前画图，时而停下来思考，时而起身走到试验台前调试新设备。他的精神很集中，右手不时点击着鼠标，左手在键盘上娴熟地敲打，在屏幕上画出一条条线段，线段又组成一个个图形。外面的喧嚣与他无关，显然，今天的庆功会也注定与他无缘。

忽然，实习生张巍和郭靖抱着一摞大红纸一路小跑地撞开办公室的门："快！快点！董事长的车队马上就到环钢路了，十分钟之内就进厂！"

而王图南则紧盯着电脑显示器，连头都没抬，他正在思考一个零件的内部结构。

郭靖火急火燎地将大红纸铺在试验台上，不由分说地拉起王图南，将他推到窗前："王哥，你看一下车间！现在就差咱们设计院了！"

王图南的脸上闪过一丝不悦，但还是迟疑地转过头。办公室的窗户斜对着一车间，他每天都站在窗前看，相同的景象不知道看了多少遍，闭着眼睛都能勾勒出一车间的草图，可是今天最为不同，一车间大变样了！厂房的外围挂上了一圈火红的圆灯笼，在这样纷扰的雪天望过去，仿佛围绕着一条浴"雪"重生的火龙！

王图南想到两天前的动员公告，这就是他们眼里最重要的大任务？他的脸色沉了下去。

"哎呀，王哥，你看那雪人！"张巍凑过来提醒。

雪人？王图南这才注意到一车间的门口竟然堆了一排整齐的雪人，好像是列队整齐、等待检阅的士兵。而且每个雪人的身上都贴着一张红色的大字报，连在一起是一句响亮的口号：

热烈庆祝海重集团走向世界_____行列！

| 奋进者

显然这还是半成品,因为中间的雪人身上是空的,缺了两个字。

"这是宋腾飞的主意,看到了吗?每个雪人代表一个分公司,咱们设计院是重要部门,分到了两个,就是'世界'和'行列'中间那两个雪人,就差这两个字了!"郭靖高高举起大红纸,纸上有两个工整的字样——"领""先"。

王图南默默地摇头,沉闷地说道:"这两个字本来就是多余的。挂灯笼、堆雪人,就更是胡闹!"

张巍连忙小心翼翼地把办公室的门关上,他拿起剪刀开始剪大红纸上的字样,并同时开启了日常的唠叨模式:"王哥,凡事多想往好处想嘛!今年咱们厂的销售额翻了番,摇臂转、车床、镗床、铣床、小数控等全线产品的销售量在全球都是榜上有名,那真是杠杠的!省里和市内都非常重视,董事长这次从省里开会回来当然要庆功了,所以刘总特意弄了这场庆功会。"

"是啊!"郭靖也一边剪一边点头说道,"听说啊,今天的庆功会也是欢送会,董事长要提前退二线,刘总上位。王哥上次得罪了董事长,咱们第一实验室就变成了冷宫。这回总算熬出头了,以王哥的本事,以后指定会盖过宋腾飞!哎哟——"

他来不及看王图南那张愈发阴沉的脸,就痛苦地发出一声惊呼，原来是他那双拧惯了螺栓的手把大红纸上的字给剪掉一个笔画。

张巍急得直瞪眼："这、这可怎么办？"

郭靖看着被自己剪坏的领字，心急得眼泪都要涌出来了。

只有王图南纹丝未动，他眯起眼睛，眼镜片上映出了不远处那群正在忙碌的人们……

雪一直在下，风雪中一排亮着双闪灯的车队缓缓驶向海重集团。董事长傅觉民到得比预计时间晚了半小时，不是因为雪路不好走，而是中途改道，去了海重当年的老厂区。那里现在已经是朝气蓬勃的商业街和住宅区了，唯一能找到当年痕迹的是一个广场，叫作"海重广场"。傅觉民回想起当年许下的诺言，不禁潸然落泪。

已经过去二十多年了！这二十多年里，他经历了海重的荣光、海重的阵痛、海重的重生、海重的困境、海重的重组、海重的搬迁、海重的再起航……他一遍遍地抚摸着手中那沉甸甸的奖杯，晦暗的眼角堆起重叠而不规则的皱纹。

经历了那么多的大风大浪，改革的脚步从未停止。而傅觉民也从年轻气盛的工程师，熬成了两鬓斑白的掌舵人。他不在乎过去的艰辛和今天的荣誉，他只担忧海重的未来——已经站在峰顶的海重，该如何延续这耀眼且难以超越的辉煌呢？

傅觉民以多年的经验告诉自己，海重之兴乃是天时地利，而能否延续长久，则关键在于人和。要使海重延续这份辉煌，必须靠创新和自主研发的技术，而这正需要倚仗那些真正热爱海重的人才。他们会是谁呢？

半小时后，车队拐进了以钢铁齿轮为标志的产业园。坐在车里的傅觉民眯眼望着远处的海重集团，眸心映出一抹坚固的铜墙，他真切地在漫天的风雪中看到了一座"雪"市蜃楼。

那是一座生产智能数控机床的产业园，职工们在明亮整洁的车间里热火朝天地干着活，每个工作台前都竖立着一台智能终端机，屏幕上跳跃着通信信息……

傅觉民的眼前渐渐模糊了，自言自语道："海重的命运要靠海重人自己改写！"

"董事长，咱们到了！"司机姜顺稳稳地将车停在了海重集团的大门前。

喧嚣的锣鼓声将傅觉民拉回现实的世界。他皱起眉，面无表情地对姜顺说："这锣鼓声都快传回老厂了。"

姜顺咧嘴笑了，小声提醒："董事长，刘总到了。"

总经理刘晓年早就站在门口等候了。他五十岁左右，个子不高，肚子很大，人还没到肚子就先拱了出来，随时给人一种站立不稳，随时需要扶一把的感觉。

傅觉民捧出闪亮的奖杯，习惯性地坐直了身板，刘晓年亲自打开车门，两人的手握在一起，大门前排列整齐的迎接队伍发出了震天的掌声。

"辛苦了！"

"辛苦了！"

傅觉民和刘晓年说出了同样的话。

"请董事长和刘总揭晓新厂牌！"集团主管行政的办公室主任李玉琢扯着东北爷们儿特有的大嗓门喊道。

傅觉民的目光一暗。新厂牌？他记得现在的那块厂牌才挂上两年啊！那是海重集团全新重组，搬迁到高新区才刚换上的。这才磕磕绊绊地过了两年的磨合期，就要更换新厂牌？海重人谁都知道，换厂牌可是件大事，每一块厂牌都要保存在展示厅，是要写进厂史的。

傅觉民瞄了一眼满脸笑意的刘晓年，想到那些尽人皆知的风言风语，脸色莫名地黯淡了。

刘晓年露出一贯格式化的微笑，指着红绸布，翘起嘴角："董事长，咱们海重现在已经是世界知名企业，当然要挂一块最气派的金字招牌了！"

"对，金字招牌！"欢迎队伍里传出喜悦的附和声。

傅觉民一动未动，脚下的雪印踩得很深。他举起手背放在唇边，清了清发紧的嗓子，融化了一片凉飕飕的雪花，似乎稍稍平息了内心的焦躁。可他的手还没落下来，就闻到一股烧焦的味道，呛得鼻子发酸，连周围的空气都变得凝重起来。

这时，厂内骤然响起了刺耳的火警鸣笛声，震动着所有人的耳膜。

"一车间着火了！一车间着火了！"

大门前乱作一团，欢迎的职工们都急匆匆地跑进厂内去救火。拥挤的大门前瞬间变得空荡荡的，只剩下傅觉民、刘晓年和满地杂乱无章的脚印。二人无声地相视而站，脸色都变得异常的严峻。

忽然，一阵夹带雪粒的强风无情地卷走了盖在新厂牌上的红绸布，露出了醒目的四个大字——海重集团。

· 2 ·

一车间是海重集团的老车间，里面的设备、工具，包括一线装配工人休息坐的长椅，更换衣服的铁皮柜等等，都是从老厂搬来的，上面还刻着不少的日文。平日里，一车间的工作任务不太重，却是和设计院关系最密切的车间——设计院每次新设计出来的第一台机床都是在一车间进行装配，并在此完成各项实验测试。

此刻，这里有两台从国外进口的数控机床，还有一台刚刚装配完成的由海重自己生产的数控机床，它是设计院全体同仁一年多辛勤工作的成果。本来要继续调试改进，然后再对比三台设备的技术参数、稳定性、可靠性等指标。可是就在三天前，由于其他的车间实在腾不出这么大地方，刘晓年总经理就发出通知，征用一车间用来制作红灯笼。还临时从各个分厂和部门抽调了几十人，要求必须在三天内完成500个特制的大号红灯笼。所以一车间所有的活儿都停了，用宋腾飞的话说，生产任务可以先放一放，做灯笼才是头等大事！

为了这事儿，王图南特意找过宋腾飞，让他别蹚这趟浑水。宋腾飞没同意，反而劝王图南，领导让做什么，咱们就做什么，还说起了"做事不由东，累死也无功"的俏皮话。王图南嗤之以鼻，两个好哥们儿谁也没有说服对方，闹得有点不愉快，见面都觉得尴尬。

天边的那抹红越飘越远，一车间的火越烧越红，火烧眉毛近在眼前了。

王图南眼看着借了东风的火苗越蹿越高，毫不犹豫地以百米冲刺的速度跑到一车间救火，同时到达的还有宋腾飞。

此时的火势已经不小了，制作灯笼用的布料、油漆都是易燃品，车间内弥漫着刺鼻的浓烟，燃烧着密实的火苗，根本看不清楚里面的形势。

王图南和宋腾飞都是受过高等教育的工程师，入厂七载，他们熟知海重的安全流程，也都接受过厂内的消防培训，深知控制初期火灾对救援的重要性。两人互相示意了一下，尽量弯下腰跑入车间。他们沿着墙摸到了消防栓，合力拧开，顿时心凉半截——居然没水！

"可能是消防泵还没有启动，那边有灭火器！"王图南说着，迅速打开旁边的消防箱，拎出一个干粉灭火器，宋腾飞也拎出一个。两人拔掉灭火器的保险销，对着火源的方向喷了出去。浓烟混着灭火的干粉，呛得他们止不住地流泪、咳嗽，然而火势却丝毫没有减弱。

"只能等消防队来了。"宋腾飞急躁地扔掉手里最后一个用完的灭火器。

王图南眯起模糊的眼睛扫了一圈，向前几步拽下挂在墙上的消防水桶，然后径直跑了出去。他瞄准目标，直接将水桶戳进那排雪人的头上。

宋腾飞跟在后面阻拦："唉，这个，董事长还没……"

王图南拎着装满雪的水桶跑进厂房，用力抡起水桶将雪倒向火光的方向,喊道:"工作台那边是个封闭的空间!里面还没有烧起来!我们只要越过这道火墙就能过去!"

宋腾飞盯着被包围在浓烟火海里的数控机床,猜出了王图南的心思。所有的测试数据都储存在工控机的硬盘里,以目前的火势,救出三台机床是不可能的,可是搬出贮存数据的工控机和拆卸机床上的主控板还是有机会的,而且机会很大!

"你是想……"宋腾飞看向王图南。

王图南坚定地点头:"一年的辛苦不能白费,数据绝对不能丢!"

宋腾飞的眼底映着满目的红,他咬紧牙根,也拎起一个消防水桶跑了出去。

二人反反复复地跑了十几次取雪灭火,火势渐弱,终于打开了一条通向工作台的通道,他们并肩冲了进去。几秒钟后,那条通道又被烟与火吞噬,连半片雪花都没有留下。

大批职工已经赶了过来,开始自发地组织救火。厂领导也到了,傅觉民一再强调,务必要先保证人的安全,再有序救火。顿时一车间变得忙乱而紧张,眨眼的工夫,排列整齐的雪人就变成了不成样子的雪堆,只剩下一张张刺眼的大红字报。

傅觉民瞄了一眼,板着脸问道:"老刘,怎么回事?"

其实这些雪人是刘晓年一时兴起说的玩笑话,宋腾飞只是执行者。刘晓年想了想，出于实事求是的原则，如实地汇报了一番。

"胡闹！"傅觉民气得脸色阴沉。他怒气冲冲地踢了一脚，一个醒目的"领"字稳稳地落在了洁白的雪地上。

刘晓年的脸面挂不住了，不过以目前的形势，他还是忍下了火气，毕竟防火安全是第一位。

"一车间有人吗？"傅觉民忍不住地问。

"没人。今天不生产，四个工段全放假，骨干职工都在礼堂练习大合唱呢。就是……"一车间的车间主任赵大鹏偷看了一眼有些泄气的刘晓年，顺手摸了摸自己稀疏的头发。

刘晓年心里憋闷，不耐烦地嚷嚷："老赵，别整用不着的，就是啥呀？赶紧说，实话实说。"

"就有三台数控机床。"赵大鹏心一横，大声喊了出来。

设计院院长毕心武也急匆匆地跑过来："其中一台是咱们设计院自行设计的，另外两台是从国外进口的。"他忧心忡忡地盯着车间内的浓烟和已经烧到房顶的大火："那台机床可是我们一年多的心血啊！比对测试都快完成了，海重以后还要靠这个出业绩呢……"他的声音弱了下去，欲言又止。

傅觉民紧握着拳，一阵剜心的疼痛从指尖蔓延到胸口。不当家不知柴米贵，那三台数控机床的价值都够二百个职工大半年的工资了。马上过年了，正是单位资金最紧张的时候，退休职工的采暖费还没有报销呢，花钱的地方实在太多了。尤其那台自主研发的机床，现在出了问题，等于直接推迟了研发进度，会严重影响海重未来的销售和市场额，真是损失不起啊！

可事到如今又能怎么办呢？这就是冬天里的一把火，烧得旺，也烧得疼！

"职工的安全最重要！"傅觉民抬起头，语调里渗透出领导的威严和责任感，"通知门卫把大门敞开，派人去迎接消防车，一秒钟都不能耽搁。我再次强调，咱们职工救火要量力而行，绝不能以身涉险！"

"好！"忙前忙后的李玉琢焦急地带着当班的保安队长董良跑了出去。

天色阴郁，雪大，火猛。白雪在浓烟中飞舞落下，互相倾轧较劲，谁也不肯轻易低头。挂在车间外围的那圈红灯笼仿佛真的变成了会腾云驾雾的喷火的龙！

刘晓年劝傅觉民先回办公室，自己在这里盯着就行。但傅觉民没有走，现在的时间节点太敏感了，有多少双眼睛在盯着海重，又有多少人在羡慕海重？今天是小年儿，一年到头，谁不想过个平安年？傅觉民背着手，焦急地伸长脖子朝厂外看，算算时间，消防队应该快到了吧？

这时,一位穿着油乎乎工作服的职工指向火海缝隙中模糊的轮廓,惊慌地大喊:"里面有人!"

"啊?!"这句话简直是深海鱼雷,直接炸裂了傅觉民的头。刘晓年也慌了神,肚子朝前拱得更大了。

千禧年之后的企业都以人为本,安全为重,生产安全是考核领导的主要指标之一,不管你有多大的能力,干出多大的成绩,只要涉及一场安全事故,考核成绩就基本归零。如果再事关人命,那么不仅领导位置不保,牢狱之灾也是有可能的。

傅觉民着急地走进着火的厂房,刘晓年和几个相关领导也跟了进去。

"谁在里面?几个人?"傅觉民关切地喊,"赵大鹏呢?"

车间主任赵大鹏抬起冻得发僵的手揉了揉眼睛,惊讶得说不出话来。

第一个发现里面有人的职工叫吴辽,他是海重子弟,海重的人基本上都认识。他大声地说道:"好像是王图南和宋腾飞!"

"王图南!"

"宋腾飞!"

傅觉民和刘晓年同时看向车间远处,那里除了火还是火,炙热的火苗与缥缈的浓烟贪婪地燃烧出一个幻境,幻境里隐隐约约有两个模糊却挺拔的身影。

"他们怎么会在这里？他们在做什么？"傅觉民攥紧了拳头。

"我也不知道！他们是设计院的人，不是我们一车间的！"赵大鹏急得快哭了。

"他们在抢救测试数据。"毕心武站出来，"他们一定是在抢救测试数据！"

傅觉民瞪红了眼，刚想说什么又闭上了嘴。他的内心是复杂的，既震怒，又心急。如果放在老厂那会儿，在条件允许的情况下，老职工冲进去抢救财产是常有的事情。但是现在的生产环境不同了，以前是从无到有，现在是从弱到强，职工的安全要放在第一位，一切都有工作流程，必须严格执行各项规章制度。年轻一代的职工，不需要冒着生命危险去抢救财产，但有人去做了。

尤其是王图南！

傅觉民的心里也着起了火。

"不好，火快烧过去了！"吴辽夺下齿轮车间同事送来的灭火器，勇敢地冲了进去。可是迅猛的火势已经爆燃式地蔓延到棚顶，灭火器的作用就是杯水车薪，他还差点惹火上身。

吴辽踉跄地退了几步，不停地喊："王哥，王哥——"

王图南听到了外面的喊话，但是无暇回应。他被烈火炙烤得满头大汗，费力地摸索着各种线，好不容易拔掉了连接工控机的电源线和一大把数据线。

宋腾飞正在全神贯注地拆卸数控机床上的控制板。拆卸一向是他的强项,王图南对此心服口服。

王图南喊道:"我这边好了。"

宋腾飞刚好也放下工具,打出了 OK 的手势。

两人按照既定计划,用最快速度抢出了工控机和控制板,因为这两样东西保存着最重要的测试数据,那是他们整个设计院一年多的心血,没有人比他们更了解付出了多少辛苦,这个险值得一冒。

就在两人准备撤离时,肆虐的火势已经近在眼前了。王图南和宋腾飞背靠背地站在一起。

"我们冲不出去了,只能等救援!"宋腾飞试图避开躁动的火苗。

王图南的鼻尖渗出细密的汗珠,他抬起头,盯着浓烟密布的棚顶。他不是个冒失的人,在做出冲进火海的决定时,他就大概估算过全身而退的时间。离他们厂最近的消防队十五分钟就能赶到,只要消防队的高压水枪冲进来,火很快就会被压制扑灭。算算时间,从着火到现在,消防队应该已经到了,但外面怎么还没有动静?

突然,脸色冷峻的王图南心里一沉:"雪!"

是的,他漏算了天气。大雪已经下一天了,外面的路一定不好走。

火路倒是一路顺畅,噌噌窜高的火苗冲破了保护王图南和宋腾飞的围挡,将两人逼到了工作台的边缘。王图南有些后悔如此危险的决定,更后悔为什么要拉上宋腾飞,宋腾飞比他更优秀,更有前途。于是他向后靠的力气不自觉地重了些,没想到宋腾飞的力道也像是鼓励他一样,自然而然地顶了回去。两人背靠背地站得更稳、更直,仿佛篮球场上的兄弟。

王图南用余光瞄了一眼东南的方向,小声说道:"咱们不能顶着火走,休息室那边还没烧起来,先去里面避一避!"

"好!"宋腾飞点头。

两人抱着工控机的主机箱和控制板跟跄地一路小跑,来到职工休息室。封闭的休息室暂时安全,却也无路可退了。王图南放下主机箱,顺手拽下两条毛巾在饮水机里润湿,并递给了宋腾飞一条。两人做出相同的动作,将手中的毛巾叠好捂住口鼻,深深地吸了一口气,喉咙的灼烧感终于缓解了一点。

突然,火海里传来一声巨响,火苗噌地膨胀了数倍,巨浪般的火焰径直掀翻了工作台,拉长了数十米的火线,瞬间包围了休息室。

"爆燃了!"王图南快速地用饮水机顶住了变形的木门,

宋腾飞则将主机箱和控制板护在了身后。

形势紧迫,难以突围。在生死面前,考验出的是真实的人性。

宋腾飞捂着湿毛巾,咬着牙,低沉地说了一句:"图南,下辈子,咱们再做兄弟!"

王图南坚定地应道:"腾飞,我们这辈子也是兄弟!"

"上面——"宋腾飞僵硬地指向头顶。棚顶吹来了纷飞的雪片,厂房也开始摇晃,这意味着毁灭性的崩塌。

王图南的心紧绷到极点,他隐约地听到了消防车的警笛声。消防员两分钟之内就能冲进来救火,或许时间还会更短。他开始倒计时:"119,118,117……"

外面的傅觉民听到响声,立刻张开双臂,高呼:"都撤出去!快!出去!离远点!"

参与救火的职工和领导慌乱地往外跑,设计院院长毕心武跟在最后,他看着几乎烧上房的火墙,急得落了泪:"两个孩子还在里面啊!"

脸色阴沉的傅觉民一言未发,死死地盯着冲到门口的消防车……

十二楼是海重集团的最高领地，董事长傅觉民和总经理刘晓年的办公室都在这里。它就像一个人的大脑，海重集团所有的决策和指令都是从这里签发出去的。此处的空气凝重得自带威严，让人感到压抑。

每次站在这里，王图南或多或少都有点紧张。他不是容易怯场的人，更不贪恋权势，可是这种身份上的巨大悬殊带来的压迫感和不平等感让他产生了深深的焦虑，觉得浑身不自在。此时，他和宋腾飞像两个做错事的孩子，灰头土脸地站在海重集团最大的办公桌前，桌上正放着他们用命换来的工控机主机和主控板。

办公室内的气氛不明朗，谁也没有开口。傅觉民站在窗前看着遍布烟熏痕迹的一车间厂房，一动不动的，仿佛变成了一尊沉默的雕像。

毕心武作为王图南和宋腾飞的直接领导，几次想站起来检讨，都被傅觉民那张阴沉的脸挡了下来。毕心武一想到刚刚那惊险的一幕，仍心有余悸，他坐也不是，站也不是，几经反复下来，被刘晓年按到沙发上勉强地坐下，端水杯的手还在悄悄战栗。

不一会儿，刘晓年那招牌式的假笑声打破了办公室的沉寂，他尴尬地笑道："火灾的起因已经调查得差不多了，是做灯笼的电焊机引起的。电焊机飞溅出来的火花引燃了可燃物，发了电火。本来这是一个小事故，只要有人早点发现，关掉电闸，很快就会扑灭。问题是今天……特殊了，所有职工都在忙着弄庆功会，这火就着起来了。李玉琢已经去消防队如实汇报情况了，还好损失不大，虚惊一场，哈哈。咱们海重今年本来就火，这下子更火了，还顺便考验了两个小同志难能可贵的勇气和精神啊！"

刘晓年看着傅觉民的背影，声调故意高了几分："董事长，这都是小插曲，别忘了主戏。今天的主戏是——"说着，他指向窗外显眼的庆功标语。

傅觉民的目光停滞了一下。海重是拥有一万七千六百八十九名职工的大厂，无论到什么时候，军心不能散。他点头道："你去忙吧！"

"好，我去准备了！"刘晓年轻松地站起来，路过王图南时特意地拍了拍他的肩膀，耐人寻味地说了一句"有前途"。

这三个字瞬间让王图南有些苦涩，在宋腾飞费解的眼神中，他的记忆退回到着火之前。

那时，全厂都在紧张忙碌着迎接载誉归来的董事长，只有王图南避开众人，悄悄地推开了消防通道的门，一口气爬上了十二楼。十二楼静悄悄的，肃静的走廊挂了一排仿古的走马灯，只是灯未亮，马未跑，少了走马灯的气势，多了几分雪天的萧瑟。他握紧了沉甸甸的信封，走到挂着"董事长"铭牌的办公室前。

王图南没有敲门，他知道董事长不在，他也没想找董事长。洁白的墙壁上挂着一个白钢信箱，箱体上写着工整的三个字——意见箱。这是海重的民主投信箱，相当于海山市的百姓热线，上到班子成员的副总，下到一线职工，都有权利大声说出自己的合理性建议和意见。只是信箱一年到头几乎都是空的，想提意见的不敢提，没意见的背后抱怨。久而久之，信箱成了摆设。王图南虽然不是干部，却是设计院的骨干，在资历上相当于二级科员，独立支撑着一个实验室。明年，他即将晋级副高职称。知识分子懂得多，总觉得肩膀上的责任大，特别较真儿。就这样，王图南瞄上了意见箱，三天两头地写建议。起初，班子会挺重视，尤其是关于技术改造的建议，大多专事专办，倒是间接地鼓励了王图南。他的建议更多了，当然，也包括意见。结果可想而知，王图南倒越挫越勇，一副进行到底的架势。

这会儿，王图南站在意见箱的前面，抬起了手臂。

忽然，宋腾飞从背后一跃而出，用自己有力的手臂拦下了他，还夺下了那封信："你不要犯傻了，这简直是玩火自焚！"

"腾飞——"王图南试图拿回信，宋腾飞却将手放到身后。王图南想伸手夺回的时候，宋腾飞用一个灵活的横步飘逸地侧身闪开。这让王图南忽然想到自己和宋腾飞在大学篮球队较量时的情景，一晃毕业多年，他们有多久没有在一起打球了？

王图南放下手，迎上宋腾飞那张骄傲的脸，说道："你怎么在这儿？你不是在一车间做红灯笼呢吗？"

宋腾飞一手背在身后，一手掸了掸肩上的雪花："我就知道你准得来放炮！所以把活儿一扔赶紧冲过来拦住你。话说回来，做红灯笼是咱们海重现在的头等大事，刘总亲自挂帅，时间紧，任务重。图南，你看，我的手还挂了彩呢！这竹签啊，比刀子还快！"他伸出拿信的手，手背上贴着一条创可贴。

王图南面带几分嘲笑："你们为了做灯笼征用了一车间，这阵势真是大啊！不知道的人还以为咱们海重要开发灯笼生产线，以后卖红灯笼呢。你们这么忙活，能赶上在董事长回来前完工吗？"

宋腾飞不气不恼："小姜师傅给我打过电话了，说董事长还至少有一个小时的车程，来得及！"

小姜师傅？王图南紧绷着脸，推了推眼镜："老姜师傅刚退休，你就结交了小姜师傅。腾飞，如果我的直言进谏是玩火自焚的话，那你的四处投资真是火中取栗啊！"他郑重地反问："还记得江重的赵心刚和李东星吗？如果没有他们的努力，江重早就关门了。"

"图南，时势造英雄，是那个年代成全了赵心刚和李东星。但是现在时代变了，我们可以向他们学习，但是也要学会变通。"宋腾飞收起开玩笑的笑脸，皱眉说道，"你在冷宫实验室还没待够吗？这封信投进去，你在海重的前途就全毁了！"

"我不怕！"王图南夺过信封，用斩钉截铁的口吻说道，"我不投这封信，海重就毁了！"

"你啊！"宋腾飞急得差点跺脚。他的目光迷茫地在王图南、意见箱和整齐的灯笼上转了一圈，最后无力地垂了下来。他倔强地越过王图南，擦肩而过时一字一顿地说道："不管怎样，今天是庆功会！"

王图南忽然感到宋腾飞转身离去的背影是如此陌生，或许宋腾飞也是这样想他的。

随着电梯传来的关门声，十二楼又恢复了平静。王图南抬起头看着整齐的仿古灯笼，好像身处古代的深宫中。他不怕毁前途，他只担心这充满危机的深宫会禁锢了海重的发展，于是他义无反顾地将信封投了进去……

王图南终于收回了思绪,他搓了搓发红的掌心,没有去琢磨"有前途"背后的暗示。他盯着走廊尽头的窗外,那被大雪和烈火同时清洗过的景象是这般透彻。他多想让眼前的一切永远地凝固封存。他多想告诉所有人,谁也阻挡不了春天的脚步,白雪终会融化,烈火终会熄灭。

不过,梗在他和春天中间的是董事长肃穆的背影。不知为何,王图南之前总觉得董事长是光鲜且高大的,但今天却是发现,原来他是那般的孤独和瘦弱。

王图南抬起头,莫名地鼓起勇气说了一句:"董事长,我错了!"

办公室的气氛一下子变得微妙起来,毕心武更是激动地从沙发上站了起来。傅觉民的背也微微颤抖了一下,眨眼的工夫,那身影又恢复了往日的高大和厚重。或许刚刚只是自己的错觉?王图南有些懊悔自己太冲动了。

宋腾飞倒是兴奋地找到了突破口,他乖巧地瘪着嘴,说了一句:"董事长,我也错了!"

傅觉民依旧没有动,毕心武开始为两人开脱:"董事长,小王、小宋都是孩子……"

"孩子?我们像他们这么大的时候,已经独当一面了!"傅觉民板着脸坐回到靠椅上,"简直拿生命当儿戏!"他愤怒地敲打着桌案。

王图南自知理亏，没敢反驳，宋腾飞也耷拉着脑袋不吭声。

毕心武开启了苦口婆心模式："董事长说得对，今天小王和小宋实在是太冲动了。不过——"他抚摸着完好无损的主机和控制板，话锋一转："不过，这些设备也确实挺重要的。如果这套机床能尽早通过测试并投入生产，对海重来说，那可是几千万，甚至上亿的市场份额啊！"

王图南点头道："毕院长，恢复数据应该没有问题的。等他们清理出一车间，我和宋腾飞再给装回去。"

"啊，对！"宋腾飞随声附和。

毕心武的眼睛立刻放出光芒："太好了！咱们设计院的资金本来就紧张，千万不能打水漂啊！好，好！"毕心武竟然逐一拍了拍王图南和宋腾飞的肩膀，大有鼓励的意思。

傅觉民看着眼前的三人，头都疼死了。他提醒道："老毕，别忘了，你是第一责任人，要按照年初签约的领导责任状处理。王图南、宋腾飞虽然精神可嘉，但也存在违规冒险行为，扣罚两人年底的福……算了，以后引以为戒就行了！"傅觉民停了下来，福利两个字没说出来。

唉，一年忙到头，谁不想过个好年！如果连食堂的猪蹄大礼包和米面油都扣了，也太不近人情了。想到这，傅觉民盯着那两张被烈火熏黑的年轻脸庞，严厉的目光有所缓和。

毕心武倒是精明："还不快谢谢董事长。"

"谢谢董事长！"宋腾飞听话地咧嘴笑了。

王图南居然没吭声。

毕心武瞪了他一眼。这小子，跟他爹一样倔！

傅觉民有点下不来台，他敲打着桌案，批了几句："王图南，别以为你是海重子弟就说不得了！我这是为你好！别忘了你立下的军令状，完不成，给我卷铺盖走人！"

"原则上说，我不算海重子弟，我爸早就下岗了。"王图南直愣愣地回了一句。

"图南！"宋腾飞赶忙拉了拉他的衣角，示意他别和董事长这么横。

王图南眼里闪过倔强的光，又补了一句："我会完成军令状的。"他差点忘记了，面前的早已不是当年去王家蹭饭的傅伯伯，而是海重的一把手。

毕心武叹了口气，缓缓地坐回了沙发上。

傅觉民抬起头，避开了眼前的愣头青，心情变得愈加沉重。海重的家不好当啊！他颓然地挥了挥手："你们去收拾收拾吧！"

"董事长，那今晚的庆功会？"宋腾飞忍不住地问。他可不想白费了半个多月的力气，错过出风头的宝贵机会。

"照常举行！"

· 4 ·

王图南刚从职工浴池出来，已经穿戴整齐的宋腾飞就凑了过来。这场火让两人有了过命的交情，将兄弟间的情感拉回到了从前。他们已经好久没有像在校园时那样，一起进浴池，一起互相说笑地搓背了。

"哎，你看——"宋腾飞指着手机里面的照片。这是大火前的一车间，火红的灯笼映照着一排贴着标语的雪人，"海重"两个字格外的红艳。

"我可帮了你的大忙！"宋腾飞晃动着手机，"唉，可惜了我的杰作！这个人情你可得记着啊！"

王图南苦笑着甩了甩湿漉漉的头发，他看着手机里的那两个大红字，心情变得很是轻松。宋腾飞就是这样的人，他总是在不经意的小事上寸步不让，却从未在大是大非上斤斤计较。就像现在，他丝毫不提出生入死救火的人情，却在小小的雪人上向他卖好。真棒，这才是他认识的宋腾飞！

"厉害了！"王图南亲切地拍着宋腾飞的肩膀，心悦诚服地说，"你拆主控板很麻溜啊！是遇到世外高人了，还是捡到武林秘籍了？教我几招呗！"

"嘿嘿！"宋腾飞扬起高傲的头，"哥们儿什么时候都比你强！"

争强好胜是宋腾飞的另一个显著特点，凡事都要争个高低。当年在大学时如此，进入海重工作后依旧如此，尤其喜欢和王图南一决高下。两人刚进厂时，厂内举办的技能大赛，王图南赢了宋腾飞，之后宋腾飞没少勤学苦练，就等着狠狠地赢回来呢。今天，事实证明，他才是最强的。他真的做到了！

"对，比我强多了，在下甘拜下风！"王图南看着宋腾飞那骄傲的气势，配合地说笑着，"行，人情记下了。"

宋腾飞眨眨眼睛："哎，人情不能欠，马上得还。你赶紧穿衣服，捯饬捯饬，别忘了今晚的大事！"

"啊？！"王图南这才想起了宋腾飞的女朋友郭美娜上午发来的短信……

宋腾飞麻利地拍了拍身上的新工作服，整理着袖口说："老毕还算有点良心，给咱俩弄了一套新工作服。对了，五点开庆功会，然后聚餐。我还有节目呢，得先走了，你今晚务必把欠我的人情还上！"他扬起手机晃动了几下，匆忙地往外走。

那红色的大字让王图南想到了烧红的火。是啊，这不就是冬天里的一把火嘛！真希望这把火能烧出海重的精气神，让每个海重人都不要忘了当年的初心和使命！

"好！"王图南默默地送宋腾飞离去。

宋腾飞前脚刚走，张巍和郭靖后脚就蹦蹦跳跳地冲了进来。两人各自抱住王图南的一只胳膊，关切地东摸西摸，差点把王图南的眼镜给碰掉了。他扶正了眼镜，笑道："我没事！"

张巍摸着胸口："吓死我了。"

郭靖也撇了一下嘴："是啊，真是太吓人了，都赶上外国大片了。"

王图南系好袖口的扣子，舒展着胳膊："你们不要学啊！我以身涉险，无视安全生产条例，这是个很严重的错误。多亏了消防队来得及时，要不还真说不好呢！"

"王哥英勇！"张巍憨厚地竖起了大拇指。

"英勇不足以形容王哥的光辉形象，应当叫神勇。"郭靖扬起嘴角，"王哥是咱们第一实验室的骄傲！"

"对，神勇无比！"张巍和郭靖一唱一和地说个不停，像说相声一样。

王图南脑子飞速地转动着，他在想今晚的工作，也就是董事长敲打他的军令状——为江南某车企研发应用在生产线上的拥有自主知识产权的高精密数控机床。那是海重设计院的重点项目，也几乎是不可能完成的任务。投入大，见效慢，短时间内看不到任何成绩，连KPI那关都过不去。设计院的各个实验室都不愿意接,但王图南却视之为珍宝,把它当成了真正的事业。

如今,在经过无数次的失败后,项目有了起色,渐渐步入了正轨。按照既定计划,今晚机床的测试将进入关键期,需要连续测试机床的稳定性和故障率。其中一个重要的备件晚上能到,所以今晚他必须整夜加班。

可是宋腾飞的人情……

王图南想了想,很快作出了决定。他看了一眼时间,嘱咐张巍和郭靖守在实验室,详细交代了注意事项,还特意将备件厂家的联系人和联系方式给了张巍。

"这个零件非常重要,如果影响了连续测试,必须立刻更换。备件本来应该下午到,但是航班延误了,我和厂家联系过了,对方保证无论多晚都肯定送到。"

"嗯,王哥放心。"张巍点头。

王图南又不放心地嘱咐几句:"我在九点之前会回来,咱们随时电话联系!"

这时,外面传来了热烈而持久的掌声,庆功会开始了。随之而来的是振奋人心的音乐——那是海重集团的厂歌:

"钢铁的意志,大海的胸襟,这是我们海重人的力量啊……"

张巍和郭靖情不自禁地跟着哼唱起来。王图南仔细地听着，那熟悉的旋律是童年时最美好的记忆，每个音符、每个字都燃烧着激昂的力量，鼓舞着海重人爱岗敬业的热情，也激荡着他的心。

王图南的眼前一下子敞亮了！

● 第二章

同路人

"你就是——"王图南这才意识到李甜甜不仅是他要接的相亲对象,更是他企盼的来送备件的厂家代表。

"我们是风雪同路人!"李甜甜微笑着说道。

第二章 | 同路人 |

5

　　海山市的冬天黑得早，尤其是大雪天，阳光穿不透浓厚的云层，天黑得更是特别快。此刻的雪还在下，根本没有停的意思。洁白的雪改变了整个城市的底色，高新区那一片高低错落的厂房屋顶也被覆盖了一层厚雪，变成了浪漫的雪屋。每个雪屋里都点着明亮的灯，里面是机器的轰鸣声和工人们忙碌工作的身影。

　　这是城西最喧嚣热闹的时候。白班的人结束了一天的工作赶着下班，或是接孩子放学，或是回家做饭，或是约了好友小聚一番。而夜班的人则赶着去上班，黑白颠倒地去开始一天的劳动，只为自己和家人能过上更美好的生活。

　　连接高新区和市区的219路已经开始堵车，各个企业的通

| 奋进者

勤大巴车和上下班的私家车将平整的六车道挤得满满当当的，不时有心急的司机按喇叭，催促前面的车动作快点。不少通勤的车辆都是一天三次擦肩而过，早晚高峰时，混个脸熟的班车司机们都会心照不宣地摁几声喇叭，这是先礼后兵的标志，意味着鸣笛之后就开始抢占有利位置，只要旁边的车道一出现空位，他们就打开转向灯，一把轮斜插过去，用最快的速度把职工安全地送到各处。

今天赶上雪天，按照以往的经验，在天气恶劣时，很多工厂都会提前半个小时下班。现在都快傍晚五点半了，晚高峰已经过去了一波，王图南开着那辆蓝色的福克斯轿车出门时，赶上的是第二波高峰。

推雪车正在进行除雪作业，占据了两排车道，这让看似宽阔的六车道一下子出现了一个阻滞。下班的班车源源不断地从后面驶来，途经这里时不得不进行并道，更是加剧了路面的混乱。不一会儿的工夫，马路上便排起了长长的车队。

王图南看了看时间，盘算着去机场的几条路。他是土生土长的海山市人，准确地说是城西人。城西生，城西长，城西念书，城西工作，整个生活轨迹都在城西。去年奶奶过世，在城西的殡仪馆火化后，葬在了城西的一个公墓里。爷爷说奶奶一辈子也没离开过城西。是的，城西几乎可以完成一个人一生所有大大小小的事!

　　王图南以前对城西很熟悉，闭着眼睛都能说出那些街道和标志性的地标——变压器厂在爱工街，冶炼钢厂在高炉街，自行车厂在风古街，纺织厂在广场街，吃饭去轻工路，泡澡就去劳模浴池，踏青就去劳动公园……

　　而现在他对许多地方都感到陌生，因为城西的变化太大了。改革开放三十多年，全国各地都发生了翻天覆地的变化，但是城西的变化绝对是典型中的代表，是足以铭记史册的那种，用"震撼"二字来形容也不为过。

　　过去的城西有数百家大大小小的国企，这里是新中国成立后著名的工业区之一，过去并不那么注重环保，工业区内密集林立的烟囱一年三百六十五天都在冒黑烟。所以城西的天总是灰蒙蒙的，连树木都失去了原有的颜色，二月的春风憋足了气力也吹不绿那裹着黑泥的叶子。而且还常伴有一种说不出味道和飘浮在空气中的煤渣灰粒，刺激得鼻子特别难受。海山市人一提到城西都要不自觉地紧一下鼻子，这是久而久之形成的条件反射。城西的居民大多就是这些工厂的工人，只图个上下班方便，并没有多少人愿意住在那里。

　　后来海山市响应国家号召，深化国企改革，组织城区的老工业区东搬西建，升级改造，利用土地置换等多种方式鼓励工厂搬迁到西边的高新区，于是城西就大变样了。破旧的厂房变成了高端的现代化住宅小区，冷清的街道变成了繁华的商业街，就连当年的土路也变成了柏油路，修得又宽又直。道路两旁的饭店、小超市、理发店、蔬菜站一家挨着一家，一到傍晚的饭点，满眼的烟火气。

海山市还修建了第一条地铁，通车后迅速成为连接城东和城西的大动脉，方便着数万在城西上班的百姓。而紧挨着地铁口的楼盘已经涨疯了，城西的高新区也成了香饽饽。随着房价的水涨船高，城西变成了海山市发展最快、最炙手可热的城区，人口数量急剧增长。三年前，因为城西的巨大变化，为海山捧回了最具幸福感的街区，标志着城西已经实现了由单一的工业区向一个功能完备、适宜居住的综合区的转变。

沧海桑田不过十几年而已，这些都是城西的骄傲！

现在的城西一天一个样，除了带着旧时代印记的那些街名以外，几乎找不到过去的一丝痕迹，于是王图南理智地选择了导航。根据导航的提醒，他拐进一条僻静的马路。这条路上路灯昏暗，全靠盈盈的雪光照亮。前面是红灯，王图南小心翼翼地点踩刹车，停在了路口。

这时，他的手机响了，来电显示的名字是郭美娜。

郭美娜是个爽利的女孩，在高新区的一家外企公司做法务，声音总是那么急促、有力："王图南，我是郭美娜。我现在在去火车站的路上，吉林那边有个棘手的法律纠纷，我要去解决。不好意思，你自己去接李甜甜吧，我把她的航班号和手机号码发给你，也把你的号码发给她。记住，千万不能再像六年前那个大雪天那样放人家鸽子！接到她就请她吃顿饭，嗯——羊蝎子火锅就行，天冷暖和一下。然后给她安全地送到宾馆。周末我就能回来，我和腾飞再一起请你们吃饭。"

"收到！"王图南还没来得及说一路顺风，手机那头早已挂断了。这就是郭美娜的特点，强势、干练，有事说事，没有一句废话，和宋腾飞明显就是同一类人。

按照导航的提示，王图南又拐到一条极为宽阔且陌生的马路上，这时他看到了一个熟悉的大烟囱，于是大概猜出了自己的位置。准确地说，这里曾经没有路，但这也不是新开辟的路。这种说法并不矛盾，因为这里曾经是连接城西各个大型国企的铁道线，现在这些国企大都搬迁了，铁道线也完成了自己半个多世纪的使命，渐渐退出了历史的舞台。刨掉铁轨，压上沥青，就改成了今天的路。

这就是改革的力量！

顺着这条不寻常的路一直走，穿过一座立交桥，离开城西，再一路向南，就是海山市机场了。王图南紧握住方向盘，

| 奋进者

心想今晚务必要还宋腾飞一个人情——去迎接一场迟到六年的相亲。

说来话长。王图南和宋腾飞在海大完成了机械研究生的学业，顺利地通过了海重集团的人才招聘计划，成为海重集团设计院的实习生。那时的海重集团正处于重组的磨合期和搬迁的混乱期，位于城西的老厂还在正常生产，高新区的厂房也在紧张建设，而几家重组的老国企因为管理模式、经营习惯、领导职位变动等多种因素变得关系特别微妙。已经入职三年的王图南和宋腾飞对工作充满了热情，每天都是老厂新厂两头跑，忙得脚打后脑勺。

在一个难得的休息日，宋腾飞、郭美娜这对情侣想给单身的王图南介绍个女朋友，女孩是郭美娜的同学，用宋腾飞的话说，这叫肥水不流外人田。本来他们计划一起吃个热乎乎的火锅，可他们刚坐定就突然下起了大暴雪，王图南和宋腾飞担心设计院用的实验设备，急匆匆地赶回了海重集团。相亲自然是告吹了，王图南连李甜甜的面都没见到。

时间过得真快啊，一晃六年过去了，新厂变成了老厂，城西变成了宜居的新城区。王图南和宋腾飞也在海重工作了小十年，都开始带像张巍、郭靖这样的实习生了。如今张巍和郭靖也混成了转正的"老熟人"。似乎什么都在变，唯一没变的就是他和宋腾飞的友情。不管两人有过怎样的摩擦、碰撞、隔阂，王图南依旧将宋腾飞视为自己最好的兄弟。

他稳稳地将车停在了机场的停车场，走进了拥挤的航站楼。受大雪影响，大半航班延误，大厅内聚集了很多焦虑的旅客，大屏幕上滚动播放着航班延误的信息。

王图南也收到了延误提醒，他第一个想到的就是厂家承诺今晚送到的备件。天气是不可抗的因素，即使送不到他也没有办法。说起来这是海重采购部的失误，临近年底，各个部门都会集中报两个月的采购计划，这给海重带来了极大的资金压力。为了保证正常生产，只能优先保障生产部门的采购计划，设计院等职能部门的采购计划一律推迟，王图南连申请购买备件的资格都没有。

而且，海重还有个不成文的规矩，只有年初才能报资金计划。临近年末，资金最是紧张，根本没有剩余的资金额度，所以设计院只能等到元旦过后才能集中申报采购计划，直接占用新一会计年度的资金额度。再加上集团内部的采购审批手续繁琐，一层层审批下来就过了两个月，新机床都已经进入测试稳定性能的阶段了，重要的备件还没有到。好在厂家负责，承诺今晚一定送到。

说起来，这还挺让王图南感动的。对方是一家南方的民营企业——南重集团,其前身是国有企业海山重型机械厂,被称为海重工,厂子几经重组,顺利转型为民企,成为现在工作效率高,管理制度灵活先进,急客户之所急,想客户之所想的南重集团。

  南重的销售副总黄言东是个地道的东北通,在得知王图南的难处之后,表示会想尽办法保证今晚送达,谁知人算不如天算,偏偏赶上了这样恶劣的天气。王图南一直是个坚定的唯物主义者,但在这一刻,他竟然生出祈祷上苍的念头,希望备件能尽快送达,更希望今晚的测试能一切顺利。

  机场广播不停地在播放航班的到港信息,王图南看了一眼手机短信,又反复两次对照了大屏幕,发现李甜甜乘坐的航班已经到了。他习惯地从上衣口袋里拿出眼镜布,擦了擦眼镜,重新戴上,视线好了许多。同时,他发现自己还穿着海重的工作服,这身装束似乎和相亲不太搭。

  个人情感一向是王图南的短板,在这一点上宋腾飞一直是遥遥领先于他,甩了他 N 条街。其实,王图南在情感上并不是无知无感的木头人,只是在默默等待缘分而已。从表面上看,他是个沉闷的人,除了年少时懵懂的情感,从来没有正式地谈过恋爱。但他的内心世界对爱情是渴望的,他渴望平等的、势均力敌的爱情。他从不认为两人相爱就会失去男女之间的平等。《简·爱》里那句"我们的精神是平等的!就如同我们两人已经穿过了坟墓,平等地站在上帝的面前。"平等,适用于每一个人,无论男女。剩下的就看上天给多少缘分了。

王图南一直盯着出站口,很快,他在人群中看到一个偏瘦的、梳着马尾辫的女孩。女孩的眼睛很大,嘴角带笑。她走路很快,拖着一个20寸的红色行李箱,马尾辫在脑后不经意地摇晃着,透出几分伶俐气。

王图南的直觉一向很准,他非常确定这就是他要接的人。与此同时,女孩一眼也看到了他。这是一场非常正式的见面,两人同时伸出了手。

"王图南。"

"李甜甜。"

握手的瞬间,王图南冰冷的掌心仿佛握住了一块暖玉,有点痒痒的。接下来的台词他还没有想好,正绞尽脑汁地琢磨着要如何化解第一次见面的尴尬。

李甜甜却惊喜地向外望去,眼睛里泛着闪亮的光,大声说道:"好大的雪啊!"

王图南拖过行李箱,自然地应了一句:"这是今年海山的第一场雪。"

"我好久没见过雪了!"李甜甜稍稍仰起头,微笑地看向绽放着雪花的夜空。

两人的手机同时响起了悦耳的铃声，他们都怕干扰到对方，默契地一个向左一个向右，分别走向人少的地方，接通了手机。

王图南的手机里传来了郭靖哭咧咧的声音："王哥，测试出问题了！信号采集系统连接不上，现在停机了！张巍正在联系厂家。"

"我马上回厂，你们先……"王图南的电话猛地震动了一下，随即没了声音，他拿在手里一看，黑屏了。

"该死，居然这个时候没电。"王图南心里暗骂了一下。

李甜甜此时也挂断了电话，干练地迎了上来。王图南急匆匆地拖着行李箱往停车场的方向走，李甜甜疾步跟在后面。

夜空依然飘着小雪花，寒冷的西北风吹得人特别清醒。

李甜甜刚想开口说话，王图南已经拦下一辆等活儿的出租车，动作迅速地将行李箱放进了后备厢。他歉意地打开副驾驶的车门，对李甜甜说道："不好意思，我马上要回厂，不能送你了。你先回市内休息，周末叫上宋腾飞和郭美娜，我请你们吃饭。"

李甜甜固执地挡在车门前："其实，我也要……"她的话还没说完，王图南早已冲向了停车场。

"甜甜，注意安全！电话联系！"渐渐走远的王图南仍不忘回头叮嘱了一句。

"喂——"李甜甜挥手想喊王图南停下，可是他已经走远了。她急忙拿出手机拨打郭美娜给的手机号码，居然打不通！

"我们走吗？"出租车司机催促地问。

"走！"李甜甜叹了口气，转身钻进了出租车。

王图南焦急地行驶在回海重集团的路上，这段路虽然不堵车，却很滑，快速转动的轮胎碾在白雪上，产生了剧烈的摩擦，不时地发出咯吱咯吱的声音。他知道雪路开车的危险，不得不放缓了速度。他紧握着方向盘，不时地盯着仪表盘上的时间，简直是心急如焚。

王图南很着急。这台自主研发设计的高精密数控机床是设计院的重点项目，关系到海重未来的研发方向。为了这个项目，毕院长多次批评过他，他还在董事长傅觉民的前面立下了军令状。

有人说他一根筋，还有人说他急功近利，这些他都不在乎，他只在乎海重。海重从动荡年代几经沉浮走到新世纪，有过辉煌的厂史，也有过灿烂的成绩。可是，时代在变，市场在变，客户的需求在变，工业时代也在日新月异地变，如果总是抱着过去的荣耀不放，时刻活在峥嵘的过去，那还如何发展？

好在国家坚持改革的脚步从未停止，王图南有信心为海重贡献自己的一份力量。为了这个项目，他已经忙了快两年的时间，经历了很多次失败、误解和冷嘲热讽。他几乎每周都在例会上据理力争，证明自己是对的。最激烈的一次，他在会议上大声说出"每个人都在改写海重的厂史"，直接惊动了董事长傅觉民。就在王图南做好准备要离开海重的时候，却意外地借了他父亲王立山的光。

王家三代人都是海重人。父亲王立山是董事长的学弟，毕院长的学长，当年他们三人同在海重共事。遗憾的是在那个特殊的年代，父亲带着"每个人都在改写海重的厂史"这句话，成了海重第一个下岗的大学生职工。

从那时起，父亲远离了海重，一切归零。王家人总觉得在家属院的邻里面前抬不起头，最后落魄地搬离了那里，爷爷的三魂七魄简直丢了一半。得知王图南毕业后进入了海重工作，爷爷兴奋得睡不着，特意领着他回了家属院一趟。王图南知道爷爷不是为了炫耀，而是为了找回丢掉的荣耀和不甘。

"我会用行动证明的！"此时的王图南握紧方向盘，一字一顿地说出了这句话。

如果今晚的测试再失败，还需要再准备数月，他就需要鼓足勇气再次开始。可问题是，即便他可以等，项目可以等，可是海重能等吗？海重的对手能等吗？

王图南越想越着急，车速也不自觉地快了起来。突然，他看到前方有两辆出租车横在马路中间，看样子应该是因为速度过快，来不及刹车，引发了追尾。雪天的追尾可不是闹着玩的，于是王图南提前踩了刹车，稳当地停在了安全距离之内。他想掉个头，拐到小路上去，这时有人跑过来敲他的车窗。

"李甜甜？"王图南惊讶地摁下车玻璃。他立刻意识到追尾的其中一辆出租车就是李甜甜乘坐的，他顿感十分自责，责怪自己太不近人情。别说今晚是相亲见面，即使去接一个陌生人，也不应该让一个女孩在这样的雪夜里独自乘坐出租车回市内。他急忙走出车外，关切地上下打量李甜甜，在确定她没有受伤之后才稍稍安下心来。

"对不起……"他接过行李箱放进了自己的后备厢里。

李甜甜没有半分怨言，她麻利地坐入王图南的车，眼神无比坚定。她带着命令的口吻说道："王工，请您在四十分钟之内，必须送我到海重集团！"

"你就是——"王图南这才意识到李甜甜不仅是他要接的相亲对象，更是他企盼的来送备件的厂家代表！他暗叹自己愚蠢，差点误事。

"我们是风雪同路人！"李甜甜微笑着说道。

"是啊，我们是风雪同路人！"王图南望着远处熹微的灯光，稳稳地踩下了油门……

· 6 ·

实验室的气氛紧张而凝重，节能灯的灯光将地面照得锃亮，王图南和李甜甜相互配合着更换了采集系统中的一块电路板，张巍认真地记录着测试数据，郭靖操作着电脑。每个人的表情都异常的严肃，每一步的操作更是小心翼翼。

终于，王图南和李甜甜无声地对视了一眼，王图南按下了按键。几秒钟后，电脑上不停波动的数据终于趋于平稳。郭靖指着恢复正常的数据，激动地站了起来："妥了，妥了！"

王图南谨慎地看下张巍，张巍仔细比对之前的测试数据后表示："没有问题，停机时间不长，基本不影响连续性，误差率在可控范围之内。"

李甜甜笑了："放心吧，我和技术部反复确认过参数是。而且我带了三块备件，完全可以坚持到你们做两轮稳定性测试。"

"谢谢你！"王图南面带歉意。

李甜甜抿嘴笑了："这也不能怪你，这是黄总临时派给我的工作，交接的同事没有说清楚，在机场我也没说清楚。"

"机场？"郭靖一脸八卦地指着王图南和李甜甜，"原来王哥去机场接李工了。"

李甜甜扑哧一下笑了，王图南递给她一杯温水："听你的口音，你家好像离海山市不远吧？"

"抚县。"李甜甜接过水杯，喝了一大口。

"老乡呀！"张巍兴奋地凑过来，"嘿嘿，我也是抚县的，我家就在火车站附近。"

"我家在矿上。"李甜甜如实地回答。

"矿上啊，报纸上说那里要进行棚户区拆迁改造了。"郭靖补了一嘴，"国家主推的好政策，还上过中央新闻呢！"

李甜甜微微一笑："是的，我父母说，已经有人来家里测量面积了。应该很快就可以搬迁，住上新房了。"

李甜甜侧过头，看向白茫茫的窗外，她终于回家了。所有时间都叫短暂，她最爱的依旧是家乡的冬天。虽然晚了些，却如此亲切，每一片雪瓣的鳞片里藏着她的乡愁。

从前，她的家乡是坚硬的，就像矿工手里挥动的铁镐，充满力量。

不知从何时起，她的家乡是黑色的，好像漆黑的煤精雕琢的关公像，手艺再好，也是黑的。

久而久之,家乡变成了黑的代名词。当然,她是不服气,且不认同的。

她一直在寻找机会回家,主动承担起东三省的业务工作。

三天前,黄总将她叫到办公室,透漏出集团的下一步规划。她要抓住这次机会。

而至于他……

李甜甜的心似乎被震了一下,她曾经有过一次极深的情感经历,那是一段青涩又刻骨的校园爱情。她学会了成长。

工作之后,她一直在努力地历练自己。当年的小女孩开了眼界,蜕变成展翅的海燕。不过,有得有失,时间都用来工作,情感上一直是空白的。

父母很急,她从不着急。她在等,等命运的安排。

会是他吗?从那年错过的大雪到今夜的接机,王图南都不是合格的、可心的恋爱对象。但是,他是一个合格的劳动者。

李甜甜看了一眼王图南,恰巧他也在看她。同学的心意两人都是懂的。她不是木讷的人,他也不是。看破不说破,是最好的相处方式。

很多时候,她是怕的,既怕错过,又怕辜负。后来,她找到一个特别好的法子。如果第一眼不是看到对方几个闪亮的标签,而是当作普通朋友。就像画卷一样缓缓地展开,伴随而来的或许是意外的惊喜。

"水很好喝。"李甜甜又喝了一大口水。办公室的氛围温暖而充满智慧。

王图南微笑着披上大衣："住的问题解决了，该轮到吃了。张巍、郭靖，你们辛苦一晚，我送李工回市内吃口饭。"

"好！"张巍和郭靖异口同声地应道，露出满口洁白的牙齿。

凌晨的城市静悄悄的，高新区的灯火依旧绚烂，灯光下是一年三百六十五天不停歇地繁忙运转。这里大半企业都执行三班倒的工作制度，人歇机器不歇，也就是俗话说的停人不停产。王图南之前去机场的时候刚好赶上一班和二班的交接，现在这会儿便是二班和三班的交接，等到清晨八点，便是三班和一班的交接。

或许没人知道发生过什么，谁为之付出过什么。就像那一排排的路灯，只有汇集了万千条光线，才能照亮脚下的路。周而复始，每天似乎都如同往日。可正是这一个个普通的日子，一个个平凡的工人，用他们夜以继日的劳动支撑着大国工业的运转。他们同样是最可爱的人！

王图南和李甜甜并肩走出办公楼，李甜甜一直好奇地看着庆祝海重大丰收的各种大红标语，王图南想解释几句，可是自曝家丑或是自吹自擂都不是他的性格，所以他选择了沉默。李甜甜也很知趣，只看不问，保持着得体的礼貌。

天有些冷，风很硬，二人还没走下台阶，就迎面扬起一片雪沙。王图南第一时间向前跨了一步，用自己高大的身躯挡在了娇小的李甜甜的面前。这时他闻到了一股淡淡的水蜜桃的味道，刚刚在实验室，他和她也是这么近，为什么就没闻到呢？

王图南在心里默默地想"这味道真好"，嘴上却问："冷吗？"

李甜甜眯着眼，清脆地应道："我也是东北长大的，怎么能怕冷呢？"

王图南看着她那自信满满的笑容，心底一片暖意。是啊，这个冬天很温暖！

"停车场在那边！"他指向小广场的东侧。

忽然，安静的厂区传来一阵嘈杂的吵闹声。王图南仔细辨别声音的来源，应该是西北方向，那里是生产任务最重的第三车间。他一想到上周厂报上的黑榜，不由得放缓了脚步。李甜甜也是满脸迟疑。

这时，装配钳工吴辽披着满是油渍的工作棉服迎面走了过来。他也是海重子弟，他父亲老吴师傅曾是海重最优秀的装配钳工，是出了名的脾气大，手艺好。可惜下岗之后染上了酒瘾，从早喝到晚，成了酒蒙子，手哆嗦得不听使唤，那双精准有力的手就这么废了。没过几年，他得了肝硬化，闭眼走了。

第二章 | 同路人 |

吴辽的母亲带着吴辽改嫁了一个南方的小木匠。或许是带着父亲抑郁不得志的心结,吴辽在技校学的是数控机床操作专业。毕业后刚好赶上海重搬迁,需要大规模招聘,于是他也成了海重人。虽然厂里的老师傅都是他的叔叔、大爷辈的,可是他脾气倔强,有点不合群,还得罪了不少人。虽然手艺好,但工资总是最低的。他在海重的朋友很少,王图南算作一个。

"王哥,怎么样?没事吧?"吴辽关切地上下打量王图南,"我听说你被董事长叫去十二楼了,咋样?董事长没说你吧?"

王图南和吴辽很对脾气,他笑着拍了拍胸口:"我没事,挺好的,董事长没批评我。"

"没说你?"吴辽心领神会地摇头笑了,他瞄了一眼李甜甜,开起了玩笑,"王哥,你们实验室啥时候进新人了?"

"哦!"王图南急忙介绍,"这是南重的工程师,李工,今晚来送备件的。这是海重最优秀的装配钳工,吴辽。"

"您好,吴工。"李甜甜礼貌地打起招呼。

吴辽诧异得差点抖掉了披在身上的棉服:"什么?这么晚,这个天儿,一个姑娘来送货?"

"海重是我们的客户,这是我们是应该做的。"李甜甜郑重地说。

"哎呀!"吴辽拽了拽肩上的棉服,"咱们海重销售部的那帮老爷们儿要是能赶上李工的一半，就不用隔三岔五地干架喽！"

"那些人在吵架？"李甜甜好奇地指向西北角。

吴辽轻蔑地朝那群人瞥了一眼。

王图南问道："还是因为工时费吗？他们又去找段长了？"

"是呀，小夏他们又和老段掰扯工时费呢！"吴辽发出几声不屑的哼声，"这都什么年代了？还按照老厂时的工时费标准给我们结算工资，谁能服气？"

"工时费？"李甜甜不懂，"是按件计活？干多少，挣多少？"

"是啊，每次那些领导都用这句话来回复我们这些一线工人。原则上的确是干多少，挣多少，可是工时费太低，中间的猫腻太多了。我给你算算啊。"吴辽如数家珍地扳起手指头，"就拿我来举例子，我们车间干普车工，工时费是6元。一道工序，我和黄大海两个人干，47分钟左右干完，一个月玩命干，顶多能装800台。47分钟乘以800台，除上60分钟，再乘上6元的工时费，就是3756元。扣去杂七杂八的，到手三千多块。"

"那还不错！"李甜甜先点头又摇头，"可是如果60分钟，或者更长时间装一道工序，不是挣得更多吗？"

"问题就出在这里呀！越是成手，干得越好，装得越快，挣得越少呀！所以大家都在磨洋工。"吴辽的口气略带不甘，

"而且工资也不合理！有时候三个人干四个人的活儿，工资还按照三个人的标准给，那谁还愿意多干活？再加上总欠件，我们工人就坐在车间里干等，一天白玩。我们去找老段，找车间主任，找采购部，谁都说跟自己没关系。这些啊，和我家老爷子当年说的一模一样。唉，不说了，全是眼泪。"

王图南一直看着吴辽，即使吴辽自己不愿意承认，他的身上或多或少还保留着父亲那一代海重人的影子，犟脾气一上来，谁也不服。

吴辽的脸上露出深深的不满，嘟囔道："因为工时费的事，现在连工资条都不给了，给你多少钱就是多少钱。要是不出活儿，还说我们磨洋工。对了，听说年后每个车间会派一个实习的大学生给我们计时。这活儿啊，真难干！"

"那也太不合理了，和从前的大锅饭也没有什么区别。"李甜甜直爽地说道。

王图南摇头："不，还是有区别的。工时费就是打破大锅饭的时候摸索出来的经验和分配制度，在很长一段时间内，一线职工的工资按照工时费发放还是调动了劳动积极性的，起了一定的积极作用。只是用在当下……"他没有说下去。

吴辽激动地接起了话茬："现在都什么年代了，咱厂搬迁小五年了，改了不少规矩，怎么工时费就不跟着变变？没用的倒是改了一大堆，这也改，那也改，流程一个比一个复杂，领个劳保都得半天。我就纳闷了，难道这就是电视里天天说的深化改革、提高效率？"

李甜甜劝慰道："如果实在过不去自己这一关，不如换个工作岗位。"

"换岗？"吴辽的声调高了几分，他指向王图南，"你问问王工，海重的规矩是啥？换个工作岗位就等于离职再就业，都得从头再来！"

"啊？"李甜甜平时的工作与人力资源也经常打交道，换岗在工作中不是稀松平常的事情吗？

王图南解释道："海重的一线职工不能换岗，从进海重那天起，只要定岗，就是干一辈子。一经发现有人在私下里活动换岗的事儿，直接开除。"

李甜甜惊愕地瞪大眼睛："还有这样的事情？"

"这是十年前的政策。"王图南说道，"海重度过最艰难的日子之后，逐渐走入正轨，恢复了元气。那段时间海重内部管理混乱，人人都想走门路，一心寻个好职位，都没有心思工作。你也知道，海重这样的大型国企就是封闭的小社会，都是沾亲带故的，真正论起来，都有裙带关系。为了杜绝走后门，海重采取了锁死岗位的办法，这虽然有些武断，但是在一定程度上达到了目的。"

"这是标准的因噎废食!"李甜甜径直指出,"一线职工没有上升空间,工作优秀也不能提拔,分配制度又不合理,如何调动劳动热情?"

"理论上是可以提拔的,只是操作起来比较复杂。"王图南犹豫了一下还是说了出来,"要等待机会!"

吴辽自嘲地笑了:"行了,别遮遮掩掩了,等啥机会啊?就看谁和领导走得比较近呗!你的机会比我大,可惜没抓住啊。哎呀,余生就混日子呗。"

"你别灰心,给董……"王图南顿了顿,"给海重点时间。"

吴辽有些迷茫:"那还要等多久呢?"

李甜甜笑道:"别急,首先要沉得住气!分配制度改革在任何时候、任何地点、任何国家都是需要与时俱进的。你说的这些问题,我们南重,也就是从前的海重也经历过,只是我们的步子迈得更大、更快一些。我相信海重也会越来越好的,毕竟历史的车轮总是向前进的嘛,我们都要相信改革的力量。"

"说得好!"王图南坚定地看向吴辽,"你想想,城西多少个厂子都黄了,我们海重今天不是还在吗?只要海重在,我们就要相信海重。"

吴辽咧嘴笑了:"你们都有学问,说得真好。好啦,我先现学现卖几句去劝劝架，就当学雷锋做好事了。"

他的幽默把王图南和李甜甜也逗笑了。三人又说了几句客套话，吴辽便哼着走调的小曲儿消失在微弱的灯光里。王图南和李甜甜则走向停车场。

"吴工真幽默。"李甜甜感慨地说道。

王图南叹了口气："吴家父子都这样耿直。可惜啊，吴叔没等到吴辽身穿海重工作服的这天。"

李甜甜停下脚步，闪亮的眼底发出泽泽的光芒，她歪着头说道："那你们王家父子呢？"

王图南目光一滞，他差点忘记了，今晚的身份都是双重的，除了工作，还有相亲。看来宋腾飞和郭美娜已经将自己的个人情况都全盘托出了。

王图南想了想："我带你去个地方。"

海重小广场的地方不大，没有供人休息的座椅，只有一堆安安静静的铁块子，都是老机床和矿山机械设备，其中三台系着红绸带的老机床尤为醒目，还安装了射灯，把红绸带上的字照得特别清楚。

王图南指向第一台锈迹斑斑的机床说道："这台半自动凸轮轴机床是我爷爷那个年代做出来的。"

他继续走到第二台机床前:"这台经济型数控机床是我父亲那个年代的主力产品,掀起了国内生产数控机床的热潮。"

李甜甜跟在身后,她指向第三台豆绿色的机床:"那这台呢?"

"这台摇臂转床算是现在海重的主力产品吧。"王图南抚摸着标牌,"这是海重搬迁之后的主打产品。就是靠着它、普车和小型数控产品,海重才迎来了今年的大丰收。"

"嗯……"李甜甜欲言又止。

王图南认真起来:"什么?"

李甜甜想了想,试探地说道:"海重能取得今天如此傲人的成绩,也是不容易的。可是,从产品类型、市场占额、市场反馈等多种数据上来看,海重的优势不是很大。首先,海重的产品技术含量较低,基本还是以前的老产品,只不过在结构和精度上有所提升。这些产品在市场上的占额虽然大,但是技术比较低端,利润不高。"

"你说得对。海重目前最大的危机就是以量取胜,并非以质取胜。"王图南接了下去,"以前,海重在中低端产品上占据很大优势,现在的优势越来越小了。海重的传统产品南方的一些小厂都能做,人家成本低,价格低,管理灵活,这让海重失去了很多老客户,市场占额越来越小。可是在高端数控这块,又是海重乃是整个行业的短板，我们自主研发的机床精度和稳定性都不高，而且售后服务的工作量太大，维修工程师马不停蹄地跑现场，无形中又增加了成本。所以……"

他的语调变得沉重："所以，今天的海重看似站在云端，却比任何时候都危险。这绝不是危言耸听。你也看到了，分配制度不合理，产品陈旧，自主研发投入不足，这都需要加快改革的步伐啊。"

李甜甜表现出职业女性的镇定，她点头说道："还有最致命的问题。据我所知，海重目前还欠我们公司六百多万的货款，还有两个千万级的合同迟迟没有预付。海重的经营状况似乎没有……"她指了指那红艳艳的绸带。

王图南苦笑："原来你是来催款的。"

"也是，也不是。我们黄总在东北跑了二十多年的市场，他对这里的每一家老国企都有极深的感情，每次公司培训，他都会讲江北重型机器厂的故事。"李甜甜笑着说。

"赵心刚和李东星？"王图南眼睛一亮，脸上充满了敬意。

李甜甜很是惊讶："你也听过他们的故事？"

王图南点点头："他们力挽狂澜，带领着江重走出泥潭，并进行技术革新，打破禁锢。那两位改革先锋是我的榜样，尤其是赵心刚，更是我的偶像！"

"哦,原来你想成为他们!"李甜甜笑了,"时代虽然不同了,但是改革的脚步没停过。你知道吗,我们南重会来海山市建立分厂,这次我是作为项目部成员回海山市工作的。"

王图南这才恍然大悟,他原以为要谈一场难度系数大的异地恋,没想到有缘的同路人就在眼前。宋腾飞果然是个靠谱的人啊!

王图南看着眼前这个柔韧又充满自信的女子,欣慰地说道:"欢迎你回海山市!"

"真好,可以回家乡奋斗了!"李甜甜扬起一串雪花。

王图南激动地抚摸着冰冷而又饱含温度的机床,仿佛紧紧抓住了海重的过去、现在和未来⋯⋯

· 7 ·

改革总是出其不意地到来。昨天还处于半封闭的海重,今天就大变样了。有人说,这是那场大火烧出来的、倒逼式的改革。

王图南还是一贯的后知后觉,用张巍的话说他是永远最后一个看到公告的海重人。

"这么多?"王图南熟练地打开办公操作平台,看到了一排标记着小红旗的文件，每个小红旗都在微微跃动，分分钟都在昭示着无数个躁动的小心思。他点开其中一个文件，仔细地阅读起来。

"竞岗！"他不禁喃喃地念出声来。

郭靖笑嘻嘻地凑过来："王哥，不用费心思了，我说给你听吧。一个是组织构架进行调整，各部门部长级以上的领导岗位都要相对调整，有几个部门要合并，还有几个部门要自立门户。当然，这不关我们的事情，咱们第一实验室没领导。不过，有个公告嘛……"他的眼底闪出光芒："是关于自由择岗、竞聘上岗的，这就和我们这些白丁息息相关了。公告上说了，部长级以下，包含各个车间的二级主任、段长、班长、小组长等等，所有的职位都要重新定岗，只要符合岗位要求，谁都有资格报名。"

张巍补充道："是啊，关于这次的重大调整，集团那边还专门成立了调整小组呢。"

竞岗？王图南想起昨晚吴辽的话，心里一下子变得很敞亮！海重总算有些变化了，至少让人看到了希望。

"这是好事！"王图南轻松地关闭文件，点开公司信箱，进入了工作状态，"我已经看过昨晚的测试数据了，这个地方要改进一下。"他在图纸上需要改进的地方画了一个圈。

"王哥！"张巍抢走王图南手中的铅笔，"你没听到郭靖说的话吗？"

郭靖连忙解释道："王哥，你也知道，厂内的人事变动都锁了多少年了，这个公告一出啊，全厂都沸腾了！上到集团领导，下到车间工人，每个人都有自己的小算盘，都在给自己谋条好出路呢。"

王图南推了推眼镜，费解地应道："这和我们有什么关系吗？"他停顿了一下："难道你们也有想法？"

张巍和郭靖双双摇头。

"和我们关系不大。"郭靖傻笑起来，"但是和王哥有关系啊！"

王图南点开文件夹，找出一张图纸的电子版，平静地说道："我的岗位早就定了，安心干自己的工作就行了，你们多虑了。"

"王哥，你咋这么死心眼呢！"张巍的语气里带着深深的焦虑，"你是海大的高才生，专业水平在设计院是出了名的。为什么那些二把刀都能当室主任，王哥连个副的室主任都当不上呢？"

"是啊。再说，王哥干的就是室主任的活，没拿到室主任的工资。"郭靖也为王图南抱不平，"王哥，你还不知道吧，昨晚宋腾飞在庆功会上抢尽了风头，还中了一个一等奖。听说他要借调到调整小组，组长是刘总。这次，宋腾飞又抱对大腿了。"

"组长是刘总？"王图南颇为震惊，厂内这么大张旗鼓地展开内部调整，挂帅的不应该是董事长傅觉民吗？为什么偏偏是刘晓年呢？对于刘晓年平日里的为人和浮夸的工作态度，王图南一向不太认可。但是他也不得不承认，在海重这样关系复杂的万人大厂，还必须要有个像刘晓年这样能压得住场面的领导。

只是，他看不懂宋腾飞了。宋腾飞不是刚认识给傅觉民开车的小姜吗？怎么又和刘晓年站在一起了？他到底和谁同路？

想到这，王图南的眼神变得深邃，之前的好心情也随之蒙上了一层厚厚的阴霾。他认真回忆了最近厂内的传闻，再串联起这份利好的公告和调整小组的名单，整件事情变得异常的清晰。

董事长傅觉民快退休了，他掌管海重将近二十年。这二十年是海重最惊心动魄的二十年，不停地在改革的浪潮中迎风前行。是的，他是一位急先锋，这一点毋庸置疑。无论今天的海重面临怎样的危机，荣光也是实打实的。奉命于危难之间，在荣誉的顶峰全身而退，这是身居高位之人最大的心愿。

第二章 | 同路人 |

厂内早就传疯了，傅觉民会在年后退居二线，总经理刘晓年将担任集团董事长兼总经理。其实早在海重在重组之前，刘晓年也是企业的当家人。隔壁的海车集团也是董事长、总经理由一人担任的，听说由此少了很多不必要的麻烦和意见分歧。由此看来，所有传言都不是空穴来风，海重从来就没有秘密！

算算日子，马上就是农历春节了。不管节后傅觉民是否退居二线，刘晓年主抓的调整小组都是一把利器。以刘晓年的工作态度，调整小组会将厂内的水翻个底朝天，找出最优秀的人才。只是这人才为谁所用？又和谁同路呢？王图南的心情变得莫名的消沉。

有人的地方就有不平事，尤其是海重这个拥有几十年厂龄的万人大厂。每个工厂都有一段说不完的故事，海重的故事尤为精彩。有时候，这种反射会延续很久，甚至隔代。对于这一点，王图南比任何人都有发言权。

老海重人都知道，设计院院长毕心武和王图南的父亲王立山当年同在海重工作，分别是设计院车床所和转床所的所长。而他们的师兄傅觉民则是海重当时的厂长。在海重最艰难的时候，毕心武和王立山必须要走一个，因为毕心武和傅觉民的关系近乎些，就挤走了王立山。再后来，毕心武从所长的位置上一路高升，做到了今天的设计院院长。

在王图南刚进入海重的时候，就吃了隔代反射的瓜络。毕心武根本没在乎他海大研究生的金字招牌，压根就没想重点培养他。更可笑的是，设计院十二个实验室和两个研究所竟没有一个愿意接收王图南的，他只能轮流在各个实验室打游击。经过这一番颠沛流离，等到定员定岗时哪里还有好岗位？他只能服从分配。

其实，他最终的归宿毫无悬念，答案只可能有一个——最差的第一实验室，跟的项目是设计院"老大难"的研发任务，510项目。这项计划研发多年，要分阶段地研发出世界一流的高精尖产品，建立现代化的数控产业基地。饼画得奇大，就是不出成绩。都已经耗走了好几任的室主任了，几乎没有任何工作进展。

相反，他的同学宋腾飞占据了先机，以海大高才生的身份直接敲开了最好的第九实验室的门，不仅提前转正，还在年底评上了优秀员工，海重最有前途的储备干部。

王图南并没有气馁，也没有觉得委屈，他一直在埋头苦干。可是项目刚有点进展，毕心武就把项目给停了，原因是资金不足。毕心武说要将集团拨给设计院的有限的资金用在刀刃上，显然，510项目不叫刀刃。

王图南争取了好久，他像《肖申克的救赎》里的安迪一样，一次次地打报告申请资金。但他没有安迪那么幸运，他的报告一次次地被驳回。为此，他真的很伤心，也很愤怒。他不怕苦，不怕累，不怕委屈，不怕嘲笑，他在意的是项目！

那晚，他告诉父亲王立山，他想离开海重。不知道父亲背着他做了什么，第二天他就接到了另一个任务，负责研发一个生产线上的高精密数控机床。

其实，这个项目也是个烂摊子，之前负责项目的组长肖阳被南方一家机械制造的民企挖走了，同时还几乎带走了一切可以带走的不涉密的资料。然而除了那些，也没剩什么更有用的资料了，基本等于从零开始。王图南硬着头皮接下了这苦差事，毕心武那天心情好，还分给他两个名牌大学的同事——张巍和郭靖。

研发是有周期的，尤其是极具挑战性的研发，进程就更是漫长。好在王图南和张巍、郭靖相处得很融洽，项目一点点地步入正轨。他的心也渐渐地沉了下来，锐利的棱角也磨平了很多，唯一没变的是他和海重的机缘。于是第一实验室就更坐实了冷宫实验室的名号，一直到今天。

从某种程度上来说，今天的海重远远好于过去的海重。可是对于像它这样的大企业来说，海重还存在很多该说却不能说的弊端，就比如敏感的组织构架调整。既然已经如此不招人待见,他也没啥可顾忌的。想建议就提,有意见就说,不管对方是怎样的身份,他坚信自己是对的。

王图南轻轻地叹了一口气,向后靠着座椅,办公室陷入一种压抑的沉寂。

快嘴的郭靖着急地说了实话:"王哥,咱们实验室还没有副室主任呢!要不,你也竞一竞?"

王图南摇头:"留给其他有需要的人吧。"

"咱们室要是空降个副室主任……"张巍担心地补充道,"那咱们得多惨、多惨啊!"

"呦呵,我还没进来,你们就开始卖惨了。"一个高挑的女声从门口传来,是第一车间的保管员王默。

张巍和郭靖一见到王默,立刻用双手捂住嘴巴,跳回到自己的位置上。这个姑奶奶可是惹不起。

王默自称是海重的厂花,她和吴辽一样,都是海重子弟,两家还是多年的老邻居。唯一的不同是,王默的父亲宁死不下岗,因为意外死在了工作岗位上,定了比照工亡。于是王默的母亲就变成了祥林嫂,靠着微薄的抚恤金将一双儿女抚养成人。

母亲是个好强的女子,一辈子没求过人,但不知谁给出了主意,为了儿女的工作,她做了一次"泼妇",在海重大闹了一场,争取来一个宝贵的进厂名额。本来这个名额是给王默的弟弟王励的,可王励说啥也不来,于是这个名额就落在了王默的头上。她兴奋极了,逢人就嘚瑟自己是个有正式编制的姑娘。在厂内,她也是心气极高,眼睛都长在脑袋瓜顶上了。尤其是在找对象的问题上,她谁也瞧不上,尤其是吴辽。

吴辽是个粗人,从小就喜欢王默,可王默一次又一次地拒绝了他。王默说吴辽根本配不上自己,她可是厂花,哪能找个普通工人呢?只有厂内的大学生才配得上自己。就这样,她在全厂上下瞄了一大圈,最后把目标锁定到了王图南的身上。

一来是她和王图南熟悉,都是海重子弟;二来是王图南长得好,学历高,本就招女孩喜欢;第三最重要,老海重人谁不知道王图南的父亲现在是一家上市公司的负责人?这样的三好青年自然要抓住,就算是主动点也不掉价。

所以王默没事就往第一实验室跑,尽管王图南明确地表达过他们不合适,王默仍不死心,总是千方百计地找理由证明自己和王图南合适。王图南也没有办法,惹不起就躲着走,倒是可怜了张巍和郭靖,两人都差点把王默当姑奶奶供上了。

今天,王图南不打算躲了,自己问心无愧,为什么要躲呢?他面无表情地盯着电脑屏幕,没有说话。王默是自来熟,她大大咧咧地坐在王图南身边的方凳上,做出一副花痴的表情。办公室的气氛变得很好笑，还掺杂着几分一头热的小暧昧。张巍和郭靖故意偷瞄着这个惹不起的狠角色，但王图南连头都没抬，冷淡地问了一句："有事？"

王默立刻不停地点头："你真是贵人多忘事呀，昨天我可帮了你的大忙呢！"

帮忙？王图南在脑海中飞速回放昨天发生的一幕幕，帮他大忙的人很多，唯独没有王默。而且，他昨天也没有见过王默啊！他皱起眉头："你记错了吧？"

郭靖忍不住说道："王姐一定是记错了。"

"一边去哈！"王默白了郭靖一眼，郭靖顽皮地吐吐舌头，做了个鬼脸。

王默一本正经地从工作服的口袋里拿出一张零碎的大红纸，满脸傲娇地说道："嘿嘿，昨天你不是拜托宋腾飞让我帮你们实验室做'领先'两个大字吗？"

"啊？"张巍一拍大腿，"那两个字是王姐做的呀！"

"那当然了，图南的事情，就是我的事情。"王默像变戏法一样伸出双手，只见左手食指的指肚上赫然缠绕着一枚崭新的创可贴，"你看，我都受伤了。"

王图南暗暗叫苦，宋腾飞真是给他找事！不过转头一想，那时他和宋腾飞正闹着不愉快，宋腾飞非常了解他，知道他宁愿被批评也不会去弄那么无聊的事情,所以宋腾飞用这种方式间接地帮了他。分歧归分歧,兄弟还是兄弟!

王图南刻意地朝郭靖递了个眼神,郭靖立刻心领神会地说道:"哎呀,王姐,太感谢你了,我代表咱们实验室对王姐表示衷心的感谢。"

王默哪里听得出好赖话,她信以为真地笑了:"这都是小事,我和你们实验室有缘分,尤其是和图南——"说着还朝王图南飞了个眼。

王图南谈不上厌恶,内心却十分抗拒。他站起来,径直下起了逐客令:"现在是上班时间,你不应该随便脱岗。而且我也没有时间听你说话,我还有很多工作要做。"

"你,你——"王默激动地站起来,"王图南,我就知道你看不起榆钱巷。"她气愤地撕掉手指上的创可贴,还恨恨地踩了两脚。

郭靖盯着王默那完好无损的手指,劝慰道:"哎哎,王姐,别生气!赶紧回去养伤吧,再晚点,伤口都愈合了。"

"哼!不识好人心!"王默气哄哄地噘着嘴,离开实验室。

"哈哈哈哈哈!"张巍和郭靖笑得肚子都疼了。

王图南板着脸,就像什么都没发生过一样,继续安静地坐在电脑前比对测试数据。

这时机灵鬼郭靖发现吴辽正脸色难堪地站在门口，于是他连忙打起了招呼："吴哥，今天好闲啊，快进来坐。"

吴辽严肃地梗着脖子，一副厂内老油条的口吻："你和小张先出去，我和王哥说点事儿。"

张巍和郭靖同时看向王图南，王图南笑着挥挥手，两人便心领神会地走出了办公室。

现在办公室里只剩下吴辽和王图南两个人。吴辽坐在刚才王默坐的地方，凶巴巴的神色逐渐松懈了下来。

王图南给吴辽倒了杯水，自己也端起了水杯："都看到了？"

吴辽微微点头："我替王默向你道歉！"

王图南喝了口水，把水杯放在掌心，认真地说道："你啊，喜欢人家就直说呗，何必这样呢？弄得我也很尴尬。其实，你们才是同路人。"

吴辽深深地叹了口气，言语间少了以往的威风和自信："王哥，你也知道，王默心气高，一心想攀高枝。我已经和她表白过八百回了，她不是嫌弃我是大老粗，就是嫌弃我家穷！嫌弃我爸是酒蒙子，嫌弃我住在筒子楼，把我数落得一无是处。上次拒绝我的理由竟然是——我的名字太无聊！"他双手捂住脸，一副难以理解的样子："这名字能怪我吗？我的名字是辽阔的意思啊！反正王默就是横竖看不上我，说到底，她和她妈一样，就是太物质，把钱看得比命还重要！"

"不是你想象的那样。"王图南脱口而出。他拒绝王默只是觉得两人不合适，并非觉得王默是个很物质的女孩。

王默从小在榆钱巷长大，那里是海山市最有烟火气、最低洼、最廉价的地方，也是一代人最直接、最惨痛、最戒不了的回忆。在那个阵痛的年代里，她的父母亲下岗、过世，母亲没有改嫁，就靠着少得可怜的抚恤金将一双儿女抚养成人。那些年的生活有多么艰辛，不用细想就能猜出个大概。他们对金钱的渴望比任何人都强烈，也更渴望富庶、安定的生活。或许这就是外人眼里的"太物质"，但是这有错吗？如果没真正经历过他人所经历的事件，未走过他人所走过的路，又怎会知道他人血液里所承受的疾苦和欢愉呢？

王图南想到吴辽前几天告诉自己的秘密，便轻轻拍了拍他的肩膀，安慰道："我觉得你不要再隐瞒动迁的事情了，再说这也瞒不住的，海重啥时候有过秘密？王默想住大房子，想追求更好的生活，想让母亲和弟弟过上好日子，这些你都可以给她的。生活中不仅要有爱情，面包也同样重要啊。"

"理儿是这么个理儿！"吴辽若有所思地说道，随后坚毅的脸颊重新绽出自信，"行，你说得对，稀罕人和大馒头同样重要！咱们老爷们儿是顶门立户的，就要给女人幸福！"

| 奋进者

王图南噗嗤一下笑了出来，这吴辽还真是个大老粗啊！他调侃道："那我就等着喝你们的喜酒了。"

"必须的！"吴辽的脸上也笑开了花。

这时办公室的门又响了，设计院的办公室主任小马抱着文件夹急匆匆地走了进来："王工，九点半在三楼大会议室开会。毕院长点名让你参加，必须去哈！"

"嗯，好！"王图南端起水杯抿了一小口，水有些凉了，刺激得牙齿隐隐作痛。他哪里知道，一场暴风骤雨正向自己滚滚而来……

● 第三章

风好正扬帆

"狭路相逢勇者胜,靠的就是坚定的信念!我们必须研发出高精度的数控机床,一代人干不出来就两代人干,代代人接棒,一定能干出来!"

· 8 ·

王图南最讨厌开大会，尤其是海重内部的大尾巴会议，简直就是搬到大舞台上的菜市场，有讨价还价的，有吆喝的，有敲边鼓的，有溜缝儿的，还有骑驴找驴的，场面那叫一个热闹！

看着一群人卖力地演出，王图南真是心服口服，几次都想站起来鼓掌。可是久而久之，看得多了，王图南的巴掌也不动了，他渐渐明白了个道理，有些人天生就是靠嘴吃饭的，这也是本事。再后来，除了技术交流和碰头会，其他大会他是能躲就躲，只图落个清闲。

今天是设计院的年底总结会，也是小型庆功会，大概率是不会有争吵的。参会人员的名单在一周前就定下了，代表第一实验室参会的人本来是郭靖,为什么毕心武会特意点王图南的名来参加呢?

王图南坐在大会议室的最后一排,远远地望着正在台上讲话的毕心武。毕心武的发言稿很长,个别语句不太通顺,咬文嚼字的,这是办公室主任小马的毛病。其实小马学的专业是护理学,但他是双职工的海重子弟,按照现行的政策,他可以被优先录取进入海重工作。像小马这样专业不对口的人,在海重至少有上千人之众,他们大多在办公室做行政工作,说白了就是在混日子。

不过小马是这些人中的佼佼者,他是海重最年轻的办公室主任,很擅长写发言稿,卖弄他那半通不通的文采。毕心武配合得很好,念得很慢,还有那出其不意的断句,符合极了他那火烧眉毛都不着急的慢性子。

有段时间,王图南看过大的心理学方面的书籍。一般来说,慢性子的人都比较宽容,有当老好人的潜质。然而毕心武却是个例外,他对上宽容,对下则稍显刻薄。而且他的胆子很小,对钱非常敏感,以至于在他面前,连"qian"的四个读音都变成了隐晦字。

他之所以能坐上设计院院长的位置,主要是因为海重实在没人了。在那个特殊的年代,老人儿走光了,新人上不来,海重缺了一茬能干实事的中层干部。算是矬子里拔大个吧，毕心武就这么上位了。

对于厂内这个流传许久的说法，王图南是不认同的。毕心武还是有些真本领的，尤其在机械制造方面，他绝对称得上是资深专家，参与过多个重点项目。他为什么会变成今天这样呢？王图南精准地找到了原因：开会太多，耽误了他。就像现在，毕心武依旧在慢吞吞地念一串串好大喜功的数字，每个标点符号都透着行业第一的喜气。

王图南无聊地打了一个哈欠，头顶立刻投来两束截然不同的目光。其中一束警示的目光来自毕心武，另一束关切的目光则来自坐在毕心武身边的宋腾飞。他之所以能坐在这么靠前的位置，是因为宋腾飞被评上了本年度的优秀员工，他出色地完成了新产品的开发，是设计院里最炙手可热的青年英才。

王图南朝宋腾飞点头，两人会意一笑。兄弟间的默契，让他不禁想起备考研究生时去自习室占座的情景，宋腾飞总是第一个到，占据最好的位置。

这时，毕心武连续地说了三个无比煽情的排比句，完成了长篇大论的发言，会议室内立刻响起了热烈的掌声。王图南也发自内心地拍手，毕竟掌心的痛感可以少打两个哈欠。

"下面有请各科室主任发言！"小马将话筒送到坐在第一

排的室主任们手里。

如果说毕心武的发言勾勒出了海重设计院美好的蓝图，那各个室主任就是这美好蓝图的填充者和实施者。这也是会议最精彩的阶段，美其名曰锦上添花。

王图南精神了几分，他很想听听设计院的中坚力量们会说些什么，会有什么具体的工作计划和建设性的意见。可是他等啊等啊，等来的是更夸张的数据和更空洞的话语。听着那一个个振奋人心的数字，看着那一张张热情洋溢的脸庞，王图南觉得更困了。

他耷拉着头，想捂住耳朵，可是声音太大，还伴着掌声，想不听都不行。王图南有点后悔来开会，其实点名来也可以不来的，反正都是浪费时间。于是他琢磨着是不是要中途离开会议室。

第十实验室的室主任孙连威发言之后，毕心武站了起来，他紧盯着坐在后面的王图南，意外地说道："让咱们的救火英雄也说说吧。"

大家的目光都投向了宋腾飞，宋腾飞激动地站了起来，然而小马却将话筒递给了王图南。会议室的空气突然凝固了，宋腾飞悻悻地坐下，脸上写满了不解、失落和难为情，他觉得自己的狼狈映在了所有人的眼里。

此时，尴尬的王图南也是这么想的。他的表情很严肃，他深切地感受到一股无形的压力。他紧握住话筒，没吭声，不知道毕心武的葫芦里卖的什么药。

毕心武笑了，他一改昨天在董事长傅觉民面前的低姿态，缓慢的语速伴随高挑的语调，说道："图南啊，别着急，拿出昨天救火的勇气嘛！"

宋腾飞紧张地咳嗽了一声，毕心武拍了拍他的肩膀算是无声的安慰。

众人的目光集中聚在王图南身上。王图南推了推鼻梁上的眼镜，淡淡地说了一句："我只是做了自己应该做而且必须做的事情。"

毕心武激动地站了起来："多危险啊！抢救公家财产是值得肯定的，但是我们不提倡！你要时刻记住自己是海重集团的工程师，设计出最好的机床才是你应该做的，你不是救火的消防员！咳咳——"

毕心武憋红了脸，咳个不停。宋腾飞急忙扶他坐下，小马递来了保温杯。王图南顾虑毕心武的身体，没回话。

毕心武平息了咳嗽，满脸愁容地重复道："同志们，要引以为戒，引以为戒啊！你们这些同志才是海重最宝贵的财富啊！再说了，咱们海重现在是家大业大，行业领先，还缺那点东西？"

领先？王图南听到这熟悉的字眼，耿直的劲头一下子上来了："不！我认为海重现在正处于最危险的时候。"

这句话的威力相当于一枚原子弹，直接开启了会议室的静音模式。大家你看看我，我看看你，谁也没吭声。宋腾飞最难为情，他想为王图南说点好话，可毕心武的脸色黑得吓人，这个时候开口，弄不好还会引火上身。所以他没敢说话，只打了个手势，示意王图南不要再说了。

王图南明白宋腾飞的好意，但他心里始终憋着一股劲儿，既然是皇帝的新装，那他今天就要捅破这层窗户纸！

"在座各位都是海重的骨干，怎么可能听不懂我的话呢？"他语调沉重地说道。

"王图南，端正态度！"孙连威放下发言稿，大声地提醒道。这个时候也就他敢说话，因为他不仅是王立山的徒弟，还是王图南进入海重后的第一个师父。孙连威不客气地敲起桌子："今天是庆功会，庆功会！"

王图南一向很听师父的话，可今天却犯了倔脾气。他固执地说道："既然是庆功会，那我更要打开天窗说亮话了。海重取得了傲人的成绩，我是发自内心高兴的。可是我们也必须承认，我们的产品性能还不稳定，技术也没有革新，尤其是数控……"

会议室里安静得可怕！

毕心武的脸色很差，作为设计院的一把手，他什么场面没见过？什么风浪没经过？他稍稍平复了一下心情，认真地环视了一圈，发现董事长傅觉民不知道什么时候已经站在了门口。傅觉民显然也看到了他，于是做出一个不要声张的手势，毕心武立刻心领神会地点了点头。

"王图南，你没看新闻吗？没看报纸吗？没看到厂内的大红标语吗？"毕心武恢复了缓慢的语调，"海重今年大丰收，每个数字是真实可靠的，大家都在为海重高兴，为海重自豪，这些你咋都看不到呢？在这种关键问题上，年轻同志可不能犯错误啊！"

"我没有做错！"王图南斩钉截铁地说，"海重能取得今天的成绩，确实是可喜可贺。但是人人都在说荣誉，都在唱赞歌，这些荣誉已经大过所有人的眼睛了，难道不危险吗？海重的实际情况呢？这里的每一个人都非常清楚！连车间的装配工人都知道，海重是以量取胜，不是以质取胜。我们的领先是靠百年一遇的好市场，借着国家给出的好政策，才取得了傲人的成绩。我们要做的还有很多呢，尤其我们设计院的工作更是重中之重。以前我们总说，先做大，再做强。现在海重的盘子越做越大，可是做强了吗？我当然并不反对做大，但我更倾向做大和做强是同步的。"

"我们海重就是一直在同步的！"毕心武加重语气强调。

"是吗？"王图南说出心里话，"在普床和小型机床业务上，我们的优势从上个世纪就已经体现得非常明显了。然而现在已经是二十一世纪了，我们的厂房大了，办公室条件好了，实验室的设备更是世界一流的水平，可是产品呢？主力产品还是铣床和手臂摇。现在是网络时代，数控机床是我们的短板，大型数控机床更是我们从未染指的空白领域。未来的发展方向不用我说，在座的每位都非常清楚。排在我们身后的厂家都在大力搞研发，可我们呢？我们设计院的研发经费比去年还少，这正常吗？"

"王图南！"毕心武生气地敲桌子，"别以为你是海重子弟，我就不敢说你！海重才刚恢复元气，我都没嫌弃研发经费少，你有啥资格说？董事长已经很不容易了。"

会议室内有些小躁动，很多人都看到了站在门口的傅觉民。最着急的就是宋腾飞，他给王图南发了短信，可是王图南的手机开了静音，而且一直在情绪激昂地说话，根本没看到，宋腾飞急得差点去堵住王图南的嘴了。

眼看着傅觉民的脸色愈加难看，毕心武的性子愈加急躁，会议室的气氛也变得尴尬又微妙。

毕心武用余光瞄了眼门口,语重心长地说道:"咱们海重负担太重,你们这些小年轻不懂。其实董事长是很重视我们设计院的啊!"

"您确定是重视?"王图南的眼神转而深邃,"我觉得董事长比谁都更清楚目前海重的处境,他也在担心明年的海重是否能走下去!"

"王图南!"孙连威狠狠地拍了桌子。

会议室内的气氛猛然又降到了冰点,变得鸦雀无声。毕心武的脸面明显挂不住了。

王图南还在继续说:"现在全厂有一万六千多人,技术层面、管理层面、研发方向等等都存在很多问题。我们的领导不解决眼前的问题,总想着走捷径、做功绩。海重产量高、人多、面积大,但是这些有用吗?都是虚胖,负债大得惊人!根本无法支撑持续、稳定的运营,一旦市场出现点风吹草动,海重比任何时候都危险!"

"董事长!"宋腾飞忍不住站起来叫道。

王图南一愣,随后傅觉民那高大的身影浮现在他的视线里。那身影渐渐被齐刷刷站起来的人群挡住,分隔成不同的幻影。这一刻,王图南觉得自己好渺小。

傅觉民站在台上,斩钉截铁地说:"我们海重当然会走下去!"

"董事长说得好!"毕心武让出主位。

傅觉民没有坐,他盯着王图南,脸上映出不可挑战的威严:"王图南,一码归一码,你抢救设备的事虽然有些冒进,但精神可嘉,值得肯定。我甚至可以在厂报上给你安排一篇专访来报导这件事。但是,你既然提到了海重的短板,那我就来好好问问你,你还记得你立下的军令状吗?"

王图南心头一紧,认真地点了点头。

傅觉民的脸色深沉得如同暴风骤雨前的层层乌云,语调透出寒冽的冷,他大声地说道:"记得就好,留给你的时间不多了。如果在既定时间不能完成项目,今年就是你在海重过的最后一个春节!"

他的声音铿锵有力,透着极寒的冷。而在众人眼里,冰冻之源就是那个倔强、冲动、不合群的王图南。

当年,他的父亲王立山就是傅觉民送走的,命运还真是诡异,他们父子的命运竟都掌控在同一个人的手中。这种微妙而略带戏剧性的隐晦是不可说的,但同时也是海重人尽皆知的公开秘密。

王图南紧绷着脸没有说话,内心的坚定和执着蔓延至全身。

第三章 | 风好正扬帆 |

宋腾飞激动地站了起来，关键时刻，他选择和王图南站在一起："董事长，我可以和王图南一起……"

傅觉民脸色一凛："毕院长，第九实验室还没有室主任吧？"

毕心武点头："是啊，老洪退休了，室主任的位置一直空着。"

傅觉民的嘴角扬了起来，他无声地拍了拍宋腾飞的肩膀："小宋是高才生，业务能力强，技术过硬，是海重紧缺的骨干人才！毕院长，年轻人才海重要重点培养重视啊！让小宋去第九实验室，先挂个副主任吧！"

宋腾飞的脸上带着几分踌躇："董事长，我……"

傅觉民摆摆手，面向众人，尤其看向站在最后一排的仿佛一座孤岛的王图南，意蕴深长地说道："记住，海重的未来是属于那些真正热爱海重的人的！"

会议室响起了热烈而持久的掌声，淹没在掌声中的是两张年轻的脸孔，一张固执得面无表情，一张惊喜得意气风发……

· 9 ·

王图南真的变成了一座孤岛。

从会议室出来，宋腾飞呼啦啦地被一群祝贺的人围住，没人在意王图南。王图南孤零零的一个人，所有人都离他远远的。孙连威一直在打电话，王图南知道，他是向父亲告自己的状。那又怎样？他才不会轻易认输！

王图南一反常态地仰起头，认真地朝人群里的宋腾飞打招呼。宋腾飞忙得要命，生生变成了三头六臂的哪吒，他踮起脚尖朝王图南打出手势，那是两个好朋友多年的默契。王图南见状轻轻地笑了一下，然后默默地转身离去，在明亮的玻璃隔断上留下了一道落寞的身影，恍如一座荒草丛生的孤岛。

半小时后，王图南和宋腾飞并肩站在办公大楼的天台上。这里可以俯瞰整个海重集团，银装素裹的雪景和规整的现代化厂房是如此的和谐。宋腾飞俨然已经有了副主任的架势，用责备的口吻说道："图南，不是我说你，刚才开会你也太不懂事了。海重上上下下都想过个好年，你说那些扫兴的话，一点也不顾及领导的面子，他们能高兴吗？"

"他们高兴了，海重就能好吗？"

"海重靠你一个人就能好？"

"靠我一个人不行，但是我们行！"王图南眯着眼，眼底折射出洁白的雪景，"还记得我们的约定吗？"

宋腾飞缓慢地说道："我们要做海重的赵心刚和李东星！"

王图南安静下来。

宋腾飞的情绪却忽然变得激动:"刚进海重时,我以为自己是下一个赵心刚,你是下一个李东星,我们会像他们一样成为写在厂志里人物。但是,事情没有我预想的简单,走着走着,我发现你似乎更像赵心刚,而我却没有李东星的资本,我……"说着,他失意地低下了头,内心的补丁隐隐作痛。

"他们是他们,我们是我们!你说得对,那个时代过去了,我们有自己的路!"王图南关切地说出心里话,"腾飞,我恭喜你升职。不过董事长和总经理都是明眼人,你现在左右摇摆,实在太危险了。"

"这不正好能证明我有价值,是每个人都想争取的吗?"宋腾飞俊朗的脸上蒙上一层隐约的黯淡,他低沉地说道,"识时务者为俊杰。"

"我不想当俊杰!"王图南用力地摇头,"我有理想!"

"理想?"宋腾飞笑了,先前的黯淡逐渐转为深邃,他盯着王图南那张坚毅的脸,回想起了多年前刚进大学报到的情景……

窗明几净的寝室里,自己扛着用旧床单包裹的行李推门而入,一个高大的男孩迎面走来,热情地自我介绍道:"同学你好,我叫王图南,背负青天,而后乃今将图南。"宋腾飞握住对方伸来的手,却情不自禁地偷偷瞄了一眼自己衣袖,母亲在里子上打了一块补丁，那块补丁同样打在他的内心深处。他第一次感受到了自己深入骨髓的、不可言说的自卑。

是啊，他是王图南，聪明努力、家境优越、骄傲自信的王图南！

宋腾飞收起回忆，苦涩地说道："图南，你有理想，我也有理想，咱们这群80后谁没有理想呢？你的理想光明正大，难道我的理想就卑微黑暗吗？"

王图南愣住了，他从未见过这样的宋腾飞。他们是多年的好哥们儿，自己竟然不知道他的理想！王图南赶忙关切地问："你的理想是什么？"

宋腾飞仰望着湛蓝的天空，仿佛自己和那遥不可及的云边之间有一条平坦的金光大道，他的眼前金灿灿的一片。

"我的理想就是在海山市扎下根儿！"

"扎根？"王图南的心惊讶地沉了下去。

"对！"宋腾飞的眼睛里发出闪亮的光芒，"图南，你承认也好，不认也罢，你奋斗的起点就是我的终点，我们真的不一样。你生在海山市，长在海山市，对于所拥有的事情毫不在意。而我从小在农村长大，靠着高考才改变了命运。我的自尊心超强，骨子里却卑微到尘埃里……你知道吗，每一次环境的改变我都是强迫自己像抱着救命稻草一样去适应的。我没有背负青天的远大理想，我只想在通过自己的奋斗，在海山市生活下去，活得更好些，扎下根儿，成家立业，让下一代在城市里出生，成为地地道道的海山人，就像你一样！"说着，他情不自禁地举起双臂，拥抱着眼前的一切，那是属于他的美好明天。

王图南凝神看着他，心里空落落的。挚友多年，他竟然不知自己曾经伤害过宋腾飞！他的思绪也飘回了校园里，记得大二那年，他和宋腾飞都拿到了一等奖学金。不同的是，他只需要认真读书，从未考虑过饭票和生活的问题，而宋腾飞却需要一边勤工俭学一边读书，每天的时间都排得满满的，也拿到了一等奖学金。王图南忽然意识到，他的自以为是这般可笑，可笑得让他产生了极深的愧疚感。

天台的风很大，王图南轻声地说道："在我眼里，你一直很优秀，就像篮球场上一样。"

宋腾飞没说话，和王图南一起安静地看着远方的云朵。此时，两人的思绪在同一个频率上。

"工作和生活如果像打球该有多好。"王图南感慨地说道。

宋腾飞真诚地笑了："谢谢你，图南。我们都是奋进者，只是我们走的路是不同的，你是理想主义者，而我是现实主义者。你想通过技术革新来实现理想，我想通过发挥自己的个人价值来实现理想,这很难说谁对谁错。"

"是啊,实践才是检验真理的唯一标准。让我们用各自的方式,一起奋斗吧!"

迎着灿烂的阳光,两个人紧紧地握住了对方的手……

天台之下,天穹之顶,弧形的玻璃窗将两个沧桑的身影照得格外高大。傅觉民和毕心武一起站在窗前,盯着一直没有完工的数控车间愁眉不展。

毕心武忍不住深深地叹了口气:"唉!"

傅觉民紧绷着的脸忽然笑了,舒展着眉头问道:"你还记得海重三剑客吗?"

"三剑客!"和煦的阳光填满了毕心武额前的皱纹,"现在还记得三剑客的人可不多了。"

毕心武拍起了胸脯:"当年咱们三剑客的名号真是如雷贯耳啊!不仅为海重捧回了满墙的奖状,更是全行业的明星呢!当年是我和王立山代表海重起草了《JB 4368 数控卧式车床性能试验规范》,那可是行业内独一份啊。对了,董事长还参与了GB 8801、9888 的技术标准制定,这些标准现在仍在行业内应用呢。"

傅觉民的眼里也放着光:"我记得有一年去北京领奖,我、你、王立山是戴着大红花下火车的,那叫一个风光!"

毕心武笑了:"还有王立山出的那个馊主意,我到现在还记得呢!他说火车司机是他二舅,咱们不用出站,直接坐通往冶炼厂的支线火车就行,他二舅会在咱厂给咱仨安排停靠的,结果……"

"结果他带着咱俩偷偷摸摸上了火车,那趟车是拉煤的,大红花都给染黑了。"傅觉民笑着插话道。

"关键是火车司机根本就不是他二舅!咱们是被轰下火车的!"毕心武笑开了花。

傅觉民摆摆手:"虽然是被轰下车的,但是下车的地方正好是咱厂的小西门,咱们上班都没迟到!后来我发现,那家伙最爱看的就是《铁道游击队》。"

"哈哈哈哈哈……"明亮的玻璃窗拉长了两道并肩而立的身影,仿若曾经的少年。

"时光不饶人啊!"傅觉民落寞地叹口气。

"年轻真好啊!"毕心武也感叹起来。

傅觉民的眼底浮动着隐隐的悲伤:"王立山现在是威远重工的总经理,咱俩守着海重,三个人年纪加一起一百六七,连剑都快握不住了,哪有剑客的影子!"

毕心武面带愧疚:"说起来,是我对不住王立山。当年是他主动下岗，成全了我！"

"说起来我也有责任，我应该顶住压力保下他的……"傅觉民恢复了领导的风范，"这是我的一个心结啊。"

毕心武红了眼睛，嘶哑地说道："在那些年，一个名额不仅是一个人的一生，更是一大家子人的命啊！"

傅觉民情不自禁地捂住胸口，那里有一道陈年的旧疤。其实伤口早就愈合了，但今天却莫名地疼了起来。他颤抖地拿起桌案上那封厚厚的信，脸色沉了下去。

毕心武瞥了一眼，心中猜个大概。他故意大声说道："图南这孩子，一点不随王立山！咋总跟咱们唱反调呢！"

"他唱的是反调？"傅觉民翻开信，指着一个个触目的数字，"图南指出的问题，不就是咱们三剑客定下的目标吗？当年咱们底子薄，技术弱，还深陷三角债，实在没办法研发大型数控机床。后来多亏了国家的好政策，借着进入世贸的东风开拓了海外市场，好不容易才刚有了点好成绩。现在，谁见了我都要说上一箩筐的好话，但是我心里明白，咱们这是扬长避短式的发展策略，对此我很自责啊！"

毕心武的情绪激动了起来："董事长，海重能走到今天多不容易啊！那些年，有多少和海重一样的老国企都倒下了？在大街上随便拽个人，都能绘声绘色地说出一把辛酸泪。可是谁真正蹚过河？顶过雷？谁能知道一边被人骂、被人打，还得咬牙顶住的难处？谁知道你半夜偷偷摸摸地将老婆孩子送回山东老家的无助？谁知道你胸口挨刀，还得替人求情的痛苦？现在，海重腰板直了，大家都高兴啊！我知道董事长的心结，那也是我们海重几代工程师的目标。可是这需要时间，也需要一大笔研发资金，得从长计议啊！"

傅觉民点头："除了时间和研发资金，还需要人才！全厂人都明白的道理却没人敢说，只有图南说了出来。"他用力地点了点信纸，眉宇间透出几分羡慕："王立山有个好儿子啊！"

"那您刚才在会议室还……"

傅觉民扬起嘴角："我那是磨磨他的性子，敲打敲打。年轻人要有紧迫感，有了压力才有动力嘛！"

毕心武在心里连骂了三声老狐狸，嘴上却说："董事长说得对！压力大，动力大，才能出成果！"

傅觉民摆摆手："想说我是老油条就大声说出来，不用憋在心里。"

"我哪敢啊！"毕心武悻悻地瘪了嘴，转入正题，"时间我们可以争取，人才也是现成的，可这研发资金……董事长，实不相瞒，设计院的账上只有封存的工资，现在买备件、测试的钱都是欠款。"

"现在咱们摊子大,铸造厂、热处理、主轴、齿轮、电装、成套再加上五个主机厂都等着米下锅呢。"傅觉民深吸一口气,"不过你放心,研发资金的事情我来解决,临走前,必须给你们咬出一笔钱!"

咬出一笔钱?毕心武听着这敏感的字眼觉得心好疼。

傅觉民拍了拍他的肩膀,语调缓慢地说道:"你尽快监督图南放手去做,他缺什么都给他配齐了。他专业技术强,性子高傲,还得多磨炼。宋腾飞也是个好苗子,他和图南是一副好盘架,咱们要知人善用!"他刻意地看了毕心武一眼。

毕心武会意地点头:"嗯,知道,小宋是个聪明的孩子,在大是大非上,他还是拎得清的。"

"那就好啊!新一代要扬帆起航了。"傅觉民无比坚定地说道,"狭路相逢勇者胜,靠的就是坚定的信念!我们必须研发出高精度的数控机床,一代人干不出来就两代人干,代代人接棒,一定能干出来!"

"嗯!"毕心武的胸膛里热情澎湃,仿佛他又成了那个戴着鲜艳大红花的青年工程师,脸上写满了荣耀、骄傲和对未来的向往。

傅觉民站在窗前,肃穆地仰望天穹。这个经过大风大浪的改革者比谁都渴望春风的到来。他情不自禁地张开双臂,感受着改革春风的涌动,大声说道:"风好正扬帆!"

10

　　这是一顿迟到了六年的羊蝎子火锅，麻辣鲜香的味道融化了寒冷的空气。李甜甜一早就坐车到了附近。王图南要去接她，被她拒绝了。李甜甜一向自诩自立，丝毫不逊色凌厉的郭美娜。此番回江北，除了好友之间的叙旧，她还有一项关键的工作任务。

　　南重有意在海山建立分厂，她作为半个本地人，负责前期的接触工作。在李甜甜眼里，再漂亮的报告、数据、宣传都不及亲自去体验。这几天，她一直在海山自贸区的行政审批大厅溜达，国家级的自贸区在各项政策上都有力度很大的扶持。她亲力亲为地调研，形成了一份价值极高的调研报告。时间刚巧，王图南到得很快。

　　宋腾飞和郭美娜也很快到了，四个人坐下以后，彼此打过招呼，服务员就端来了热气腾腾的汤锅。

　　北方的冬天是畅快的，坐在屋里吃着火锅，辣得冒火的时候再来口冰激凌，谁还在乎外面的冰天雪地呢？这是老天爷赐给东北人特有的福利！

　　郭美娜向来的快人快语："王图南，这就是缘分！人家甜甜是你的客户，千里迢迢来给你送温暖的。"她刻意将"温暖"

两个字咬得极重。

宋腾飞附和着："就是就是，图南感受到了春天般的温暖！"

王图南回想起那晚的疏忽，端起大麦茶，满怀歉意地说道："真的很抱歉，是我招待不周。"

宋腾飞满脸笑意，却一声不吭。

李甜甜也是性格直爽的人，她大大方方地端起茶杯："合作愉快！"

"合作愉快！"

饭桌上的气氛十分温馨、热烈，伴着羊蝎子的香味，王图南拿起小漏勺为李甜甜捞了一块，诚恳地说道："这次多亏甜甜及时送来的备件，如果测试中断，那几个月的辛苦都白忙活了。说起来，南重的售后真是好啊！"

"谢谢，这都是应该做的。"李甜甜微笑着说，"我们南重这些年赶上了好政策，发展越来越好。急客户所急，想客户所想，是我们一贯的理念，也是南重的企业文化。"

"说得真好！"郭美娜用胳膊肘戳了宋腾飞一下，"听听，你们海重应该好好学学，别那么自傲。"

"我们没有自傲，只是管理理念不同而已。海重是老国企，人多，负担重，每年光给退休老职工报销的采暖费和医药费都是一大笔费用。"宋腾飞夹起一大块羊蝎子，献媚地递了过去。

郭美娜啃了一口:"人家老职工当年为海重流过血流过汗,都是功臣,报销是应该的。要我说啊,每年夏天给退休干部发放茶叶才最应该取消!放眼全国,也就海山市还这么干。政企分离都多少年了,还搞什么特殊化?"

"哎!企业领导真的不容易!茶叶才分半斤,也就这点小福利了。再说——"宋腾飞刻意地清了清嗓子,挺直了腰板,"嗯,嗯——"

郭美娜愣了一下,立刻拿起筷子剃下一条松软的羊肉,送到宋腾飞的嘴边:"先慰劳一下我们的宋主任!"

"嗯!"宋腾飞满足地咬在嘴里,"谢谢!"

"你们就别在这里秀恩爱了!"王图南埋头大吃,李甜甜也笑呵呵地啃起了骨头。

郭美娜揶揄道:"哎,别那么酸,今天吃饭都是成双入对的。"

宋腾飞附和地点头:"是啊,是啊!"

王图南和李甜甜对视了一眼,笑而不语。

郭美娜又开始调侃:"图南,听说你的头上顶着军令状呢?"

"军令状?"李甜甜很好奇,"就是测试的项目?"

王图南点头:"没什么,时间虽然有些紧,但只要进行顺利,还是可以完成的。"

"你能完成?"宋腾飞瞪大眼睛质疑道。

王图南认真地说道:"按照目前的状况,难点在于通过无故障测试。不过有南重这么周到的售后服务,我有信心能完成!"他夹起一块骨头堵住宋腾飞的嘴:"我也恭喜一下宋主任!"

"呜呜……"宋腾飞咬着骨头说不出话来。

郭美娜和李甜甜被逗得咯咯笑。

四个年轻人边吃边聊,活跃着美好的气氛。李甜甜微笑道:"我这次回来,发现海山市的变化好大啊!尤其是城西,简直大变样,我都认不出来了。环境也好多了,大烟囱没了,天蓝,水清,处处都是新风貌!"

王图南笑了:"别说你认不出来,腾飞说这家火锅店搬到小北一路了,我也绕了好久才找到的。这条路原来是重型机械厂的厂内路,对面是热处理厂房,这里是堆放炉料的地方,里面还有个小磅房,我大舅当年来海山支援建设的时候就在那里睡觉。"

"你大舅没少卡过磅司机的油水吧?"宋腾飞开起玩笑。

"才没有。你打听打听去,我大舅姥爷是省劳模,我大舅牛刚,外号牛大胡子,子承父业,是江重的厂劳模。就是因为他业务好,还曾经被派来海山市援建项目,白天黑天地干活,以厂为家,困了就在磅房眯着。"王图南解释道,"不过他总说现在变了,以前讲奉献,现在讲经济效益。"

"这并不矛盾啊!"郭美娜开了口,"公司的每一个员工都有自己的选择,千万别道德绑架哦!有人选择奉献,有人选择经济效益,这种选择的权利就是时代的进步啊。"

"那是你们外企的那一套!"宋腾飞反驳道,"咱们国企讲的是社会责任和奉献。"

"我们也有社会责任和奉献啊,地震、冻雨、瘟疫,我们都捐款了。"郭美娜拿出律师的气势,"我们还定期向贫困山区送温暖呢。"

李甜甜笑着问:"这么说,你们公司的效益不错呀!"

郭美娜点头:"是的,公司的管理模式很人性化,以人为本。海山市今年的招商引资政策特别好,高新区管委会的扶植力度挺大的。我们集团正在和管委会接洽,明年要有大投资。到时候,海山市工业园将是我们集团最大的生产基地。"

"哦?"李甜甜调侃道,"老外不怕吗?"

郭美娜摆手:"甜甜,那都是老脑筋了,现在的海山市和从前可是大不一样了。"说着,她端起大麦茶,文绉绉地抿了一小口。

李甜甜似懂非懂地看向灯光闪烁的窗外,远处广场上立着一尊代表力量的钢铁雕像,伴着昏暗的灯光,像极了一幅褪色的老照片,记录着一个世纪的工业图景。而若将照片放大、放大、再放大，能看到一座座灯火通明的高楼大厦，热闹喧嚣的商场，车水马龙的高架桥和闪烁着灯光的塔吊……她的心满满的，那是一种感动的满足。她笑着说道："家乡的变化真的很大！"

王图南看出了她的感动，进一步地说道："现在很多人对海山乃至东北的印象还停留在过去，都觉得在海山市离开了关系就办不了事情，处处要找人找关系。其实，这都是大家对海山的误解，准确地说，大家对海山市有不对称、不相连的时光偏差。"

"不对称？不相连？还时光偏差？"李甜甜对这个新名词产生了浓厚的兴趣。

宋腾飞也起了兴致："怎么听着有点量子理论的味道？"

王图南解释道："难道不是吗？大家对海山市的印象还停留在上个世纪九十年代，最感兴趣的就是下岗、烧烤、二人转。其实除了这些，海山市还有很多响当当的标签，工业城市就是其中最闪亮的一张名片。我们不仅拥有许许多多的大型工厂，还拥有上百万的产业工人。可是大家看到的总是过去的伤疤，有时间偏差；看不到我们的闪光点，在认知上不对称；理解不到我们的努力，情感上不相连。前几天，我爸说他接待一个武汉来的客户，客户竟然说，没想到海山市还有烤肉店！你们听听,我们在外人眼里是个什么印象!"

"哈哈,这是我听过海山被黑得最惨的一次。"郭美娜笑得喘不上来气,"我们不仅能吃到烤肉,还能啃羊蝎子呢!珍惜吧!"

宋腾飞满脸严肃地说:"这对海山市不公平!"

王图南点点头:"这也是对海山市的鞭策!我们承认海山相对东南沿海城市是落后了,可是这些年我们一直在努力改变,不停尝试着打破僵化的体制和不公的营商环境,在逐步减少关系营销现象,过去那些不喝酒办不成事情都是过去式了。但是大家还是习惯用过去的眼光看我们——谈论最多的是过去,最感兴趣的是过去。所以我们必须要做出更多的成绩来,那样才能改变人们对东北的刻板印象"

"是的!"李甜甜收敛了笑容,沉思道,"我们南重以前受过海山市的帮扶,董事长每次开会都会提起当年的恩情。现在时机成熟了,南重也来海山市办厂了。"

"哈哈,欢迎啊!"宋腾飞高举茶杯,"黑土地欢迎你!"

"说得好!改革的力度越来越强,海山市会越来越好,咱们国家也会越来越好!"王图南举起茶杯,"我们要做的就是努力奋斗,撸起袖子加油干。奋进者们,干杯!"

"干杯!"茶杯碰在一起,年轻人的脸上洋溢着自信的笑容。

| 奋进者

他们的热情引起了老板娘的注意,敞亮的老板娘扯着大嗓门嚷道:"哎哟,我也是奋进者啊!俺们奋斗了二十年,今年开了新店,买了新房,以后就在海山市扎下根儿,过大年了!"

"恭喜哈!"宋腾飞发自内心的祝福,他偷偷瞄了郭美娜一眼,郭美娜也刚好期盼地看向他。两个人的表情悉数落在王图南的眼里。

王图南知道宋腾飞和郭美娜在租房住,买套新房有个属于自己的小家一直是两个人的心愿,然而这也是宋腾飞的心病。海重的工资不高,宋腾飞又爱面子,人情往来必到场,所以总也攒不够新房的首付。

其实,他也希望宋腾飞能升为副主任,这样可以提高工资收入,改善生活。更重要的是,海重有个不成文的规定,领导到年底都有兑现分红,最少也是五位数,几年下来,攒个首付是没问题的。

"祝你们早生贵子哈!"王图南开起了玩笑。

宋腾飞故意大声说:"同祝!"

李甜甜和郭美娜都有点不好意思,没搭理他们。

这时,宋腾飞的手机响了,他刚想接,手机铃声又停了。

"谁啊?骚扰电话?"郭美娜问。

宋腾飞看了一下来电号码,眉头皱了起来。这时手机又响了，他鼓起嘴，长长地呼出一口气，按下了接通键。

手机那头传来了浓重的家乡口音："哥，是我！"

"你等一下！"宋腾飞站起来想出去接电话，却郭美娜抓住了衣角："是宋垒？"

"嗯……"宋腾飞无奈地点了点头。

郭美娜的眼神变得凌厉："他又来要钱？"

"是借钱！"宋腾飞捂住手机。

"这有区别吗？"郭美娜抢过手机，白了宋腾飞一眼。宋腾飞想抢回来，但郭美娜已经开始和宋垒交谈了："是我，郭美娜！"

宋腾飞有些难为情，王图南不紧不慢地倒了杯热乎乎的大麦茶递给了他。宋腾飞半笑不笑地接下，眼神一刻也没离开过郭美娜。

此刻郭美娜已经切入了正题："宋垒，海山市好吗？如果好，就凭自己的本事留下来，不要靠任何人！如果没有留下来的本事，就回老家种地。无论在哪里生活，都要学会自己生存。你哥能供你一时，不能供你一世。优胜劣汰，适者生存，这是自然法则！"

"我笨，但我会努力学……"电话那头的宋垒坐在出租平房的凉炕上，他抽动了几下鼻子，揉了揉发红的鼻尖，满怀歉意地说道,"俺懂了,谢谢你,美娜姐!"

宋垒挂断电话,叼起一缕冻着冰碴子的咸菜嚼了起来,他的身后是厚厚的一摞新楼盘宣传广告。他租房的窗外是建筑工地,围挡的广告牌上尤为显眼,宋垒盯着广告牌,默默地念出三个字:"地铁房。"

"地铁房可贵了!"郭美娜指向远处的塔吊,"那个楼盘不仅有地铁,还是双学区呢!"

宋腾飞一直在翻看短信,俊朗的脸上闪过一丝失意的落寞。

饭桌上的气氛变得沉闷起来。

李甜甜微笑着站起来,说出了闺蜜间最隐秘的话:"美娜,一起去洗手间呀!"

郭美娜点了点头,李甜甜朝王图南眨了眨眼,两个好闺蜜便缓缓离去。

饭桌上只剩下王图南和宋腾飞两个人,宋腾飞不好意思地先开了口:"图南,我这个弟弟不争气,让你看笑话了。"

王图南摇头:"你和我之间不论这些,只是……"

宋腾飞叹了口气:"当初宋垒和宋远来海山市,我是高兴的。可是他们实在是不行,没学历、没技术、没能力,四处打油飞,总和我开口要钱。我挣多少钱你也知道,除了付房租,日常开销，吃吃喝喝，我就是一月光族。我真是没办法啊！现在都是什么社会了，有本事就留下，没本事就回家呗，这也包括我自己。宋远去年就回老家了，宋垒说啥也不走，就耗着。这几个月如果不是我偷偷给他交话费，他都找不到我，唉！"

"你也太社会达尔文主义了，那是自然法则，可咱们是人情社会！年轻人来海山市这样的大城市打拼，都不容易，能帮一把就帮一把。就算钱财上帮不上，多鼓励也是好的，你不能动不动就以高姿态打压啊！"王图南劝慰道，"我见过宋垒和宋远，他们都是肯干、认干、能吃苦的人，就是运气差点。宋远在工地干了大半年，工头跑了，没有拿到工钱。宋垒因为没有学历，进不去售楼处卖房子，只能站在马路上发传单，但是他的脑子灵，干得也不错，就是缺少机会和经验。"

宋腾飞翘起嘴角，拿起手机，翻到二弟宋垒的名字："宋垒从小就能说会道的，我奶说他要是女的，日后指定当媒婆给人保媒拉纤！"

王图南笑了："你们宋家的男孩都是人才！"

"谁是人才？"郭美娜拉着李甜甜回来了。

王图南和宋腾飞相视而笑，明亮的灯光将四个年轻人照得光彩夺目，海山市的夜更深了……

| 奋进者

饭后,王图南接下一个重要的任务,送李甜甜回宾馆。他觉得时间还早,也为了弥补上次接机的失误,他提出带李甜甜看看海山市的夜景,李甜甜欣然接受。

两人开着车上了路,这是海山市最好的地段,贯穿城区的南北,还拥有一个既时尚又好听的名字——金廊。这条金廊串联起闪烁的霓虹灯和高耸的摩天大楼,一座跨河而过的钢铁大桥将海山老城区和海山新区连在一起,河的两岸是风景秀美的滨水花园,并还原了过去的海山八景。

王图南将车停到一处观景位置极好的岔道口,指着远处的冰雕群说:"看,那里是冰雪大世界,正月十五可以在那看冰灯。"

李甜甜的眼底折射出五彩的灯光,她发自内心地说道:"好美啊!"

"我再带你去那边转转。"王图南转动方向盘,轮胎忽然发出咯吱的声音,仪表盘上亮起了红灯。

"怎么了?"李甜甜敏感地感觉到车子重重地顿了一下。

"是轮胎,右边。"

王图南下车转了一圈,歉意地说道:"爆胎了。你在车里坐着,我去找救援。"

"那里不就有救援电话吗?"李甜甜指向贴在公园围栏上

的小贴纸广告。

小广告的确烦人,还影响市容市貌,可是关键时刻也挺给力的。王图南立刻拨出上面的电话,详细地说出位置,不到半个小时,救援车就到了。

"王哥!"前来救援的小伙儿惊喜地喊道。

王图南有些迟疑。

"我是王励啊,王默是我姐!"

"王励!"王图南这才认出了对方。说起来,他和王励还真有缘分。几年前,爷爷的家电视坏了,就是王励上门给修好的。那时候王图南才知道,王默来海重工作的名额是王励让给她的。当时他还问过王励为什么要这么做,王励说他想走自己的路,过自己想要的人生,让王图南很是佩服。不过,王励不是开了家电维修部吗?怎么又干起汽车救援的活儿了?

王图南和李甜甜下了车,帮着王励打下手。王励虽然长得瘦小,但是力气还蛮大的,他拿着大撬棍几下就把旧轮胎卸下来了,手法娴熟又灵活。

王励边干活边说起了自己的经历:"现在老百姓生活条件好了,国家的政策也好,连着搞了好几年的以旧换新补助,老百姓都排长队地去换,没人修旧家电了。我那个维修铺子让徒弟看着呢,主要给电商干售后。"

"所以你现在的主业是干这个？"王图南指着架起千斤顶的车子。

王励信心满满："对。这些年，只要我有时间，就一定会看新闻联播、经济半小时、新闻三十分，凡是央视的新闻我都爱看。以前咱们国家穷，要啥啥没有，改革开放之后，国家富裕了，衣食都不愁了，现在住行才是大事。你看这海山市起了多少建筑工地？路上多了多少车？我敢说，未来十年，海山市路面上的车至少翻一倍。家家都有车，早晚高峰堵得像北京一样。"

"所以你入了这个行业！"李甜甜微笑着说，"眼光真不错！"

王励憨厚地笑了："嘿嘿，我从小就喜欢坐海重的小货车。现在我正在和师父学修车，等以后技术成熟了，我要自己开家汽车修理铺。我要走加盟店的模式，就像汽车4S店那种！"王励望着冰封的河面，仿佛感受到了冰面下流淌的河水。

王图南发自内心地钦佩王励身上的这股干劲儿，他暗自感慨，这对姐弟俩真是截然不同啊！

这个夜晚漫长而温馨，王图南将李甜甜平安送到了宾馆。李甜甜感慨道："海山市真的大变样了！不仅是城市在变，连海山市的人也在改变。看来外界的看法也应该跟着变一变了。"

王图南点点头："是啊，这需要我们这代人去奋斗！"

"或许有一天，我们也有合作的可能哦。"李甜甜下车前，主动伸出了手。

王图南迎了上去:"士不可不弘毅,任重而道远。"

第四章

追梦人的星辰大海

只要有劳动就有收获,海山欢迎每一个脚踏实地的劳动者。

11

王图南发现今天的海重和昨天大不一样，他似乎是一块有强烈辐射的有毒金属块，从大门口的门卫到总机厂的会计，从卫生间的保洁大姐到办公室新来的实习大学生，大家都绕着他走，甚至还有人对他指指点点。

至于吗？他是真心为海重好！

王图南固执地又一次将借调报告送到了集团的人力资源部。接下来的测试将进入稳定性的调试阶段，他需要装配钳工和电工。电工的人选一时没有合适的，他自己能算是半个电工，还能顶一阵子，可是装配钳工的活儿就不行了。他私底下和吴辽打过招呼，吴辽的工作本就在一车间装配新机床，是个老手，他们又对脾气，让吴辽加入自己的小团队最适合不过了。所以，他需要将吴辽借调到自己的实验室工作。

借调不是特例，是经常性的工作，王图南以前也借调过其他车间的工人，包括他自己也被借调过。可是这一次，人力资源部总是以各种理由拒绝他。今天，他特意附了课题报告，必须要个明确的说法。

人力专员小张反复推了好几次，说来说去都是以前的那套陈词。王图南知道他是听话办事，是领导不同意借调吴辽，于是他直接来到人力资源部部长黄清远的办公室门口。玻璃门虚掩着，王图南刚想敲门，就听见屋里有说话声，那是售后服务部的技术工程师康欣灵在和黄清远诉苦。

"黄部长，咱们售后容易吗？差旅费每天的报销标准是十五年前的，吃、住、行加起来才五十元，只能选廉价招待所。冬天的时候，南方阴冷阴冷的，招待所里没有空调，简直就是冰窖。我实在冻得不行了，就找几个空的饮料瓶灌上热水来取暖。我这还算好的，郎小蕾可就惨了。"

"她咋了？"黄清远关切地问。

"她去福建出差，同住一室的陌生室友梦游，用拖鞋拍打床头柜，然后又给她盖被子，和她说话，把她吓得够呛。一夜没睡，裹了条毛毯在前台坐了三个小时熬到天亮。"

"这真是个问题，出差一定要保障安全，尤其是女孩子。"

黄清远皱着眉，翻看着办公桌上的关于提高出差报销标准的意见稿。他叹了口气，认真地说道，"欣灵啊，我知道你们售后的难处，可是这不单单是普通员工的报销标准，就连技术副总出差也是这个标准。它是十五年前定下的，那时咱厂刚刚重组，标准定的虽然不高，可是所有职工一律平等，这就已经是很大的进步了。这十五年来的经济发展太迅猛了，啥啥都涨价了。"

"是啊，海山市的房价都过万了，报销标准也该往上提一提了！"康欣灵殷切地说道，"这也是咱们海重的形象呀。"

"嗯！"黄清远点头，"在艰苦朴素的前提下，必须要保证职工的安全！"他郑重地在意见书上签下自己的名字，"我同意提高报销标准，去给总裁办送过去吧。"

康欣灵露出洁白的牙齿："谢谢领导！"说完，她捧着意见稿走出办公室。

王图南听后十分欣慰。在他看来，管理制度的改革完善与技术的突破革新是海重的双轨，缺了谁都转不起来。

"黄部长！"王图南走进办公室，热情地打起招呼。

办公室内的气氛瞬间变了，黄清远的脸色沉了下去，那副语重心长的样子没了，取而代之的是满脸愁容，那对短眉都快拧成小麻花了。

"图南啊，我要去市内开个会，等我回来再研究！"黄清远疾步走了出去，直接把王图南一个人晾在了办公室里。

王图南犯了倔脾气，拿着报告来到了毕心武的院长办公室。小马把他拦在门外，说毕心武正在接待国外的技术专家，要开一天的会。王图南执意要等，小马苦口婆心地劝。这时宋腾飞捧着文件夹一路小跑地过来，小马连忙朝他使眼色。宋腾飞心领神会地瞄了眼王图南的借调报告，把王图南推到了一个僻静的角落。

"你闯祸了！"

"闯祸？"王图南很是费解。

宋腾飞刚想开口解释，小马急匆匆地喊道："宋主任，赶紧的，就差你的资料了。"

宋腾飞连忙点头："来了！"

他一边走一边朝王图南比画，王图南猜出他的意思，是让他去找一车间的车间主任赵大鹏。

赵大鹏是海重的老人儿，没什么文化，从大集体转为全民工，再到班长、段长、车间主任，靠的就是精湛的装配手艺。现在他老了，虽然脾气愈发见长，但干工作也老道多了。

王图南刚一踏进车间，就听到赵大鹏特有的大嗓门子和冲上脑瓜子的火气："废品率太高了！装一台，废一台。我就纳闷了，你们那是手还是爪子？怎么不分瓣呀！我们当年就算是用脚丫子拧，都比你们干得利索。"

"利索能咋的？当钱花呀？干得多，挣得少，干100台按6块钱算，干200百台按4块钱算，拿黄卡的正式工劳保啥都有，拿白卡的临时工工作服得自己花钱，实业的食堂和小商店逢年过节还加价挣钱。这都挣谁的钱呢？全厂就车间工人最苦最惨！"一个人高马大的小伙子发起了牢骚。

赵大鹏摇晃着磨掉漆的单头钩铁扳手冷笑道："行，你小子长能耐了，说得不错。咋的？委屈？可以走呀！海重的大门敞着呢，全厂一万八千人，不多你一个，也不少你一个。我在海重干三十多年了，牛人和大拿我见多了，送走的也多了，海重倒了吗？没倒，站得还直溜呢！所以我告诉你，要干就给我好好干，是龙给我盘着，是虎给我卧着。不想干就赶紧滚，海重没了谁都一样转！"

咣当！赵大鹏将铁扳手扔在地上，王图南赶了个正着，差点砸在他的脚面上。

"哎哟，哎哟是图南呀，图南——"赵大鹏尴尬地咧着嘴，"图南是咱们第一车间的大恩人！快，谢谢恩人！"

一群装配工人谁也没说话，吴辽报着唇，脸色格外的难看。

"这帮小兔崽子，海重的优良传统全给忘了！"赵大鹏又开始骂骂咧咧。

| 奋进者

　　王图南从小习惯国企老师傅这种粗鲁的个性，他沉默地捡起脚下的铁扳手，小心翼翼地吹了吹上面的灰，仔细抚摸着上面斑驳的字迹。

　　"这扳手是当年全国职工技能大赛的奖品，为咱厂争过光，戴过大红花。全国就十把，咱厂得了六把。"王图南把铁扳手放在赵大鹏的掌心，"现在海重就剩这一把了？"

　　赵大鹏愣住了，掌心的纹络似乎变成了一条条荆棘，它们牢牢地抓着铁扳手，拖着它不停地下坠，下坠，一直坠到他的心底。是的，王图南说得没错，这铁扳手是他坐了两天一夜的硬座从上海背回海重的，可现在厂内的小年轻已经没几个认识这铁扳手的了。

　　那年他二十六岁，是海重最年轻的装配大拿，操作台上的能手。从那时起，人人都尊称他一声小赵师傅。这个铁扳手是他的宝贝疙瘩，连睡觉都得不舍得放手，伸手掂掂，就知道掉了几块漆，心疼着呢！今天一定是他手滑了，咋把这宝贝疙瘩给扔了呢？

　　"嘿嘿，人老，糊涂了！"赵大鹏将铁扳手藏到身后，手心都攥出汗了。

　　王图南笑了，直奔主题："赵主任，我是来借人的。我们实验室需要一名手法熟练的装配工，希望……"

"啊，打住，打住啊！"赵大鹏恢复车间主任的派头，"图南啊，你看看这群人，哪个手法熟练呀？上个月的废品率都百分之四十多了，装两台废一台，一个个都像病了似的。"

"病了怕啥，主任有药啊！"站在吴辽身边的小年轻满不在乎地调侃道。

赵大鹏瞪圆眼睛，大声训斥："于大宝，你少给我装傻充愣，就你的废品率最高！你是大鱼头的儿子吗？你爹以前可是咱厂的生产标兵，你爷爷也是咱们厂人尽皆知的技术骨干，你们老于家的手艺就败在你手里了！扣你这个月的奖金！"

"嘿嘿，扣吧，扣吧。"于大宝气哼哼地瞄了王图南一眼，"这个月本来也没有奖金！哎呀，怪事真多啊，煮熟的鸭子也能让能人带起飞喽。"说着，他朝王图南贱贱地吹了声口哨。

王图南很诧异，于大宝好像对他有意见，可是他和于大宝从来没有打过任何交道。

"少给我打哈哈。"赵大鹏嘟囔着骂了几句，于大宝笑嘻嘻地全当没听到，一副虱子多了不怕咬的样子。

王图南的心里不太舒服，一车间该抓抓风气了。

吴辽看出了他的心思，朝他无奈地苦笑。

王图南忍住没说，又执着地提出自己的诉求："赵主任，我只借吴辽三个月，如果你人手不够用，两个月也行。"

"两个月？两天都不行啊。"赵大鹏从上衣口袋里掏出一个超级有时代感的工作笔记本，缓慢地念道，"你看，我刚开完生产会，第一季度的生产任务特别重。这马上过年了，2月份放春节假，又只有28天，这帮小年轻的玩心重，把整个正月都当成春节过，现在的废品率又那么高，生产任务根本保证不了，我还指着吴辽出活儿呢！床头班组、溜板班组、送刀、台尾、试车全都得加班加点干，要不一车间的房顶不用封了，全都得喝西北风。"

赵大鹏将笔记本装回口袋，摸了把露头皮的头发，说道："图南啊，你就别给我添乱了，给赵叔留几根头发吧。"

"赵叔！"王图南在厂内很少用这种沾亲带故的称呼，但是于情于理他都应该管赵大鹏叫声叔。当年，赵大鹏是父亲实验室里的装配钳工，按理说他最应该理解支持自己的工作。

王图南还想再努力一次："赵叔，我爸……"

"哎，告诉你爸一声，有时间叫上老哥儿几个一起喝点。"赵大鹏拍了拍王图南的肩膀，"图南啊，我看你小子挺专，不如自己学装配，考个钳工证。技多不压人嘛，也省得你到处求人，还能给海重节约成本！"

王图南从赵大鹏的语气里听出了绝对的拒绝，看来宋腾飞指的这条路没指望了。不过他也算没白来，赵大鹏的提议不错，学装配倒是可以试试。他之前一直想学，但总是没有时间，或许这次真到了倒逼学习的时候。

"赵主任！"王图南切换到工作模式，"我……"

赵大鹏急得摆手："图南，我还得把装废的机床给铸造厂送去，不陪你了。吴辽，你陪图南说会话，反正你也不爱去铸造厂。"他又朝于大宝使了个眼色，于大宝便领着一群人呼啦啦地走了。

王图南明显感觉到有人在临走前狠狠地瞪了自己一眼，他不明白了，今天怎么了？自己这么不招人待见吗？

吴辽凑过来，叹气道："王哥，你啊！"

"我又失败了！"王图南痛惜地举起借调报告。

吴辽把报告扒拉到一边："我说的不是这个！王哥，你还不知道吗？你现在是全厂的敌人，你闯大祸了。"

"敌人？大祸？"宋腾飞也说过同样的话，王图南实在费解，怎么就弄出敌我矛盾了？

吴辽瞄过四周，小声解释道："你也知道，今年海重大丰收，早就放出风声来，职工涨工资，领导涨兑现奖金。这都年底了，大家都等着公布好消息，过个肥年呢。可是昨晚领导班子开会，董事长在会上公开了你的那份意见信，说什么海重有重大危机，要求全体职工以海重的前途命运为重，直接提出领导班子成员放弃兑现奖金！你想啊，领导的兑现奖金都没了，职工涨工资的事儿自然也泡汤了。听说过年福利减半，只给发两个猪蹄、一只烧鸡再加两斤玻璃球子糖。"

"有这样的事情？"王图南有些迟疑，"有什么误会吧？"

"哎呀，海重啥时候有秘密？今天早上全厂都传开了，那帮浑不吝的小瘪犊子和混退休的老瘪犊子难得看法一致，都骂你呢！嘿嘿，"吴辽坏坏地笑道，"王哥，你就没打喷嚏？"

王图南的心里豁然开朗，怪不得大家都绕着他走呢！照吴辽的说法，没往他身上吐口水就不错了。他扫了一眼朝自己指指点点的工人，苦涩地说道："我也没想到会是这样的结果。可是我没做错，该提的意见还得提！"

吴辽撸起浸油的袖子，笑道："工人哪里管对错？都只看工资。要我说啊，那帮领导，尤其董事长，实在是太黑了！前脚是你的军令状，后脚又来这么一出，这不是往死路逼你吗？知人知面不知心！瞧瞧，领导又来检查工作了。"

王图南应声看去，只见总经理刘晓年在一群人的簇拥下走进车间。他的步子很快，肚子又大，在人群中格外的引人注目。刘晓年显然也看到了他，径直走了过来。

吴辽连忙拍了拍王图南的肩膀，转过身嘱咐："王哥，我去干活了，你多保重啊。"

王图南深深吸了一口气，过火的一车间打扫得不够彻底，太闷！

"总经理。"王图南保持着下属对上司最基本的礼貌和敬而远之的疏离。

"图南啊！"刘晓年指着规整的一车间，笑得红光满面，"一车间能这么快恢复生产，多亏了你和腾飞。"

"这是赵主任和一车间职工的功劳！"王图南向来耿直，不贪功也不冒进。

"你小子呀！"刘晓年习惯性地举起手臂点了几下。

王图南没接话茬，保持着不愿讨好的距离。

刘晓年有些失落，嘴角的笑容收敛在双腮的那对酒坑里。他把王图南拽到一旁，试探地问道："在老毕手下干得不顺心？我把你调到调整小组吧，和腾飞一起工作。"

"谢谢刘总，我只想在实验室工作。"王图南不假思索地拒绝了。

刘晓年不放弃："那来总部办公室也行，给我做个助理！"

王图南又摇头："我是做技术的，只喜欢画图纸，和机械设备打交道。刘总还是把机会留给适合的人吧。"他客套地后退一步，从地上捡起一颗小六角螺栓，心里又琢磨起赵大鹏的话。老一辈人都说自力更生，艰苦创业，与其这样四处借人，还真不如自己去考个钳工证。

"你再好好想想,别这么快回复我!"刘晓年眯起眼。

王图南握紧那颗小小的六角螺栓,心里打定了主意。"刘总,我先回去工作了!"说完,他信心满满地走出了车间。

刘晓年盯着他那高大挺拔的背影,脸色阴沉地说了一句:"我倒要看看你能搞出啥名堂!"

12

冬日的阳光弥足珍贵,一束束温暖的光落在排列整齐的厂房上,仿佛给整个海重集团穿上了一件金色的战衣。出征的战士们正在紧张有序地忙碌着,迎接新一轮的挑战。

王图南知道自己不受欢迎,为了不给别人添堵,他刻意绕了一条僻静的小路回办公室。这条路紧挨着围墙,背阴,积雪,还冻着冰,因此他走得很慢。

这会儿是中午,周围静悄悄的,一个人都没有。小路的中间豁然开朗,这里是 10kV 的配电房,阳光极好。一只慵懒的大黄猫正躺在配电房的门口晒太阳,见了王图南一动未动,看来它早已习惯了人来人往和配电房的噪声,这就是它日常的生活。

和煦的光照在身上暖洋洋的，王图南的眼前也亮了起来。他停下脚步，看到一群小家雀欢快地在空中互相追赶，最后落在墙边的那颗大杨树上。大杨树的旁边有一个长条椅，椅子的一条腿折了，后接了两根半截的方管，方管上拧着没拆下来的旧螺栓。长条椅的下面放着两个小碗，一个小碗里装着小黄米，另一个小碗空着。

眼前熟悉的画面让王图南想起了老厂。老厂很大，除了生产，还有绕不开的烟火气。工人师傅们在工作之余最喜欢养猫、喂鸟、捞鱼了，每个车间甚至每个工段都有属于自己的小宠物，闲暇时，他们还互相比试。可是自从搬了新厂，老师傅少了，老物件少了，一切都是新风貌。养猫、喂鸟的几乎没有了，就更别提捞鱼了。这是他第一次在厂内看到如此真切、生动的画面。

王图南起了兴致，他坐在长条椅上，抓了一把小黄米扬了出去，贪嘴的小家雀们立刻呼啦啦地从大杨树上飞下来，蹦跶跶地吃了起来。王图南扬起嘴角，烦躁的内心得到片刻的安宁。

他轻轻翻开借调报告，报告的最后附着课题计划，也是他的军令状。这是一项高新技术研究发展计划，所属先进制造技术领域，资金来源一部分是专项资金，一部分企业自筹。他的工作方向是给南方某大型发动机制造企业研发柴油发动机自动生产线研发数控机床。这种大型的数控机床一向是海重的短板，以往，自动生产线上的数控机床都是国外进口的，以日本、德国的产品居多。海重研发的数控机床在精度上虽然可以达到0.06的高标准，但是稳定性能差，小毛病多，故障率高，系统也不太稳定，勉强维持单机加工。自动生产线都是停人不停机，要保证连续的、不间断的、稳定的正常生产，所以，这次课题的挑战是非常巨大的。

当初，这个课题是由海重的竞争对手北工接下的，后来北工觉得难度大，便将这个课题转交给了海重。毕心武将任务分配给了第六实验室，原室主任肖阳是设计院的中坚力量，也是王图南的师兄。肖阳不仅业务能力强，而且有搏劲儿，是设计院出名的干将。他拿到课题之后，利用一周时间做出了详细方案，包括搭建团队，所需资金，列好了工作各个阶段的时间节点。按照他的计划，三十五个月可以结题，三十八个月可以批量生产，给海重增添新产品。

可是就在他信心满满，打算大干一场的时候，课题直接搁置了。当时，海重把全部的人力、物力、财力都放在开拓海外市场和扩大国内的市场份额上，每个实验室都忙着团团转，活儿多的干不过来。肖阳连第一步的团队都没有搭建起来，就别说申请专项资金了。甚至到了后来，连他申请的物资计划都无法保证了。

肖阳多次在会上提意见，打报告，提及课题的重要性，可是人人都只看眼前，谁在乎充满风险和不可确定性的未来呢？渐渐的，肖阳被孤立了；渐渐的，他伤心了；渐渐的，他攒足了失望……

这时南方一家民企向他抛来了橄榄枝，希望能高薪聘请他为技术副总，于是肖阳举家搬离了海山市，现在已经是年薪百万的职业经理人了。当时，他还带走了同实验室的两名同事，随后又带走了一批技术娴熟的工人。这种人才流失现象在海重都是见怪不怪的事情了，几十年里，海重为行业输送了一批又一批的人才和技术骨干。

在海重内部有个充满讽刺和思考的笑话：只要参加全国性的投标项目，那就是海重老同事的见面会。数十家大大小小的国企、民企、混合制企业，几乎凑集了海重老、中、青三代人。他们都曾经在海重工作，都曾经是海重人。

肖阳走后，这个课题一直停滞不前，没人接，没人问，直到落在王图南的手里。他至今还记得刚接到课题时的喜悦，浑身充满了干劲儿。可当他仔细看过一页页的课题报告后，内心却极度复杂。他犹豫了许久，还是去联系了肖阳，没想到对方很痛快地答应了下来。

肖阳虽然在海重伤了心，却没有像外界传言那样带走全部的技术资料。作为一名技术工程师，他坚守着最起码的职业道德。当他知道海重重新启动这个课题之后，亲自来到海山市见了王图南一面，他带来了全部的技术资料，包括那张迟到的时间节点图，并详细和王图南交流了最新的技术方案和课题难点。

王图南有了强大的后援团，干劲十足。他非常感谢肖阳，并提出在课题的结题报告上留下肖阳的名字。谁知肖阳却拒绝了，他什么也不想要，只希望王图南能坚持不懈，在既定的时间节点内顺利结题，为海重规划的数控产业基地埋下一颗火种。

王图南看着那群吃饱归巢、落在枝头唱歌的小家雀，仿佛自己也是其中一只。"我一定能完成！"王图南坚定地对自己说道，此刻他的眼里装着的是浩瀚壮阔的星辰大海……

突然，他的手机响了，屏幕上显示出四位的集团小号，张巍焦急的声音从手机里传出："王哥，咱们实验室在OA上申请的物资计划全部被驳回了。"

"理由呢？"王图南诧异地问。

"郭靖去找了，物资采购部那边给的理由是年底封账，要延迟订货。"

"那可不行啊！马上就春节了，节前不定货，就要拖到正月十五之后，那起码就要耽误一个月的时间。尤其是进口的备件，清关也是需要时间的。"王图南犯了愁。

"可不是嘛！离军令状的时间还有十五个月。"张巍带着哭腔。

"别着急，我们再想想办法。"王图南眯起眼睛，眸心深处映出一个熟悉的人影。前方二点钟的方向，毕心武正陪着国外的专家在厂内参观。"等我回去再说哈，先挂了！"王图南收起手机，走了过去。

王图南先后和毕心武、国外的专家打招呼："毕院长好！Nice to meet you！"

国外专家很友善，主动伸出手，用生硬的汉语说道："你、好！"

毕心武的脸色不好看，他以天气寒冷为理由让小马和翻译小刘先带国外专家回办公室，单独留下了王图南。

"你怎么在这里？军令状完成了？"

王图南直视着毕心武的眼睛："毕院长，今天我想问个痛快话，你是想让我完成军令状，还是想让我离开海重？"

"你——"毕心武的脸板了起来，"王图南，你这是什么态度？"

王图南更进一步："我离不离开海重并不重要，我走了，张巍和郭靖也会继续这个课题计划。希望毕院长能够一视同仁，不用给予特殊照顾和帮助，但也请不要人为地设置障碍！"

"那障碍是我设置的吗？还不是你自己逞英雄！"毕心武气哄哄地说道，"你给我捅了个大娄子，把全厂中层以上领导的奖金全弄没了！今天我的电话都没停过，全是找我兴师问罪的！还有人要求我带着你到董事长面前负荆请罪，王图南，你说我为你顶了多大的压力？我容易吗？"

"这是另外一回事，工作归工作，建议归建议。你为什么把我们实验室的物资计划全都驳回了？"王图南不服气地问。

"还为什么？你们实验室所需要的资金占了设计院总资金的45%，都批给你，别的实验室喝西北风啊！"毕心武越说越来气。

"那也不能全部驳回啊！"王图南争取着自己的权利。

毕心武气不打一处来："你自己闯的祸，你自己去圆。"

"我……"王图南想反驳，却找不到说服自己的理由。更重要的是，他这次报的物资计划的确不少，但是资金数额并不大，根本达不到毕院长说的总金额的45%！

难道是还有其他的原因？王图南想到董事长在班子会上取

消奖金的决定，难道这真是因为自己的那封意见信吗？不，真正的原因肯定是海重的债务危机！而自己只是顶雷而已！

董事长比谁都清楚海重的实际运营情况，领导就是领导，即使掌舵着一艘漏水的大船，也在面不改色地、有条不紊地指挥着水手修理甲板。可是没有有力的资金支持，他该如何完成军令状？一分钱都能难倒英雄汉，更何况是近千万的资金呢！他又该如何对肖阳交代？他会不会变成第二个肖阳？

正在王图南一筹莫展的时候，郭美娜来电话了，拜托他去帮李甜甜解决房子的纠纷。

李甜甜不是住在宾馆吗？怎么会有房子的纠纷？王图南回到办公室填写了半天的请假申请，又对张巍和郭靖交代了工作，便开着那辆福克斯出门了。

· 13 ·

李甜甜已经蹲在冰冷的楼道里快两个小时了。她一向觉得自己是个独立自主的新女性，如今看来，那都是自以为是的想法、伪命题、纸老虎！她早上的那股英气都不见了，剩下的只有沮丧、狼狈和窝火。

本来今天是个好日子，她参加了公司的视频会议，会上传达了南重来海山市投资建厂的情况。公司决定让李甜甜加入南重分公司的筹备处,负责前期的准备工作。对此李甜甜欣然接受,并立刻退了宾馆的房间,到中介租房。

按照公司规定,每个月可以给她报销一千元到一千五百元的房租。于是她在中介租了一个每月一千二百元房租的房子,离地铁一号线很近,生活、工作相对方便些。谁知道她遇到了黑中介,网上的图片和实际的房子差距巨大,不仅离地铁很远,而且暖气还漏水!拎包即住根本不可能,连收拾一周入住也是非常困难的。

李甜甜强硬地提出退钱,黑中介见她是一个女孩子便耍起了无赖,蛮横不讲理。李甜甜是个较真的人,她找到闺蜜郭美娜,希望郭美娜能帮自己讨回公道。谁知郭美娜去隔壁省出差了,所以这事就只能麻烦王图南了。

等王图南赶到的时候,李甜甜的小脸都冻白了。王图南简单看了一下房子,拉着李甜甜找到黑中介。黑中介见李甜甜带来了帮手,气势上弱了几分,但是仍然不肯退钱。王图南几番争论,黑中介索性耍赖到底。最后双方处于僵持的状态,王图南也犯了难,他想说几句狠话,可惜张不开嘴。这可真是秀才遇到兵,有理说不清。

"实在不行,就给换套房子吧。"王图南提议。

黑中介摇摇头："小伙子，我都说过一百遍了，不是我不给退钱，房租早就给房主了，我就是一个过路财神。"

"那你把房主叫来，我来和他说！"李甜甜气愤地说道。

黑中介打起了马虎眼："哎呀，房主在三亚过冬呢，回不来啊！"

"你撒谎！"李甜甜气得快跺脚了。

王图南拍了拍她的肩膀，稍作安慰。

"哎哟，小伙子还挺会疼人的！"黑中介皮笑肉不笑。

王图南没吭声，瞄着屋内的摆设，或许他可以向工商部门举报，可是这家中介并没有悬挂营业执照。

忽然，大门开了，从外面走进来一个捂得严严实实的男子，还抱着一摞厚厚的房屋广告传单。他清了清嗓子，说道："大姐，这摞户型图放你这里，成交了有高提成。"

"放那吧，"黑中介满不在乎地哼了一声，"几个点啊？"

"这个数！"男子伸出了两根手指。

"哎哟！"黑中介的眼睛都瞪圆了，态度立马变了，对那摞户型图也重视了许多，"放这里吧，客户进门一眼就能看到！"

"好嘞！"男子将户型图挪到前台的小桌子上。他刚要扭头往外走，竟然意外地认出了王图南："王哥？好巧啊！"

王图南仔细看了过去，惊讶地说道："宋垒！"

| 奋进者

　　宋垒摘下厚厚的防风帽，露出冻得红扑扑的脸蛋，憨厚地笑道："嗯，是我！"

　　王图南介绍了李甜甜，宋垒害羞地和李甜甜打起招呼："甜甜姐，你好。"

　　李甜甜大方地笑道："我们同龄，叫名字就行。"

　　宋垒连忙摇头："那可使不得！你们都是我哥的朋友，都念过大学，称呼姐是应该的。对了，你们咋在这里？"

　　王图南朝黑中介那边使了个眼色，贴着宋垒的耳朵解释了几句。宋垒转动着灵气的黑眼珠，咧嘴笑了："王哥，我听懂了。你和甜甜姐先在外面等我一会儿，我来要。"

　　王图南和李甜甜半信半疑，还是出去了。

　　中介所的右侧是个套牌的洋快餐店，王图南和李甜甜各自点了一杯热咖啡。李甜甜有些沉不住气，担心宋垒把事情办砸了。王图南倒是安静，他劝慰李甜甜说术业有专攻，也许宋垒比他俩更适合做这事。果然，醇厚的热咖啡刚喝上一口，宋垒就把要来的房租送到了李甜甜的面前。

　　"甜甜姐，你点点。押一付六，加上半个月的中介费，一共是九千元整。"

　　李甜甜吃惊地看着厚厚的信封，惊讶得说不出话来。

　　王图南笑呵呵地给宋垒也点了一杯热橙汁，并说道："怎么样，我说得没错吧？"

李甜甜将信封收到背包里，好奇地问道："我们要了半天都没要回来，就差报警了。宋垒，你是怎么做到的？"

"嘿嘿！"宋垒搓了搓双手，捂在装橙汁的杯子上，"这家不是黑中介，是有正规手续的，就是老板太计较钱。我和她打过几次交道，知道这个人小心眼，我是和她交换的。"

"交换？你也租房？"李甜甜听得一头雾水。

宋垒羞涩地摇摇头："我可住不起那么贵的房子，我和她交换的是信息。我告诉她一个楼盘的代理信息，只要卖出去一套房，挣的提成款可是收租金的好几倍呢！所以她痛快地就把房租给退了，现在已经在去代理楼盘的路上了。"

"厉害！"李甜甜竖起大拇指。

王图南看着宋垒一身脏兮兮的装束，关心地问道："你一直在卖房子？"

"是啊！"宋垒点点头，"我挺喜欢干这个的，就是读书少，长得差，人家售楼处不要我。我现在在外面发传单，还在几个小中介所干兼职。现在是冬季，建筑工地都停工了，属于淡季，房子卖得不太好，我就走盘。这海山市大大小小的楼盘我几乎都去过，我哥说得对，要凭自己的本事留下来。"

王图南劝慰道："其实你哥很惦记你的，他也不容易。"

"我懂,我会努力的!"宋垒喝了口酸甜的橙汁,悄悄地瞄了李甜甜一眼,粗粝的脸蛋变得更红了。

李甜甜哪里知道少年的小心思,她认真地说道:"我家正在棚户区改造,政府给了一笔安置费,我妈说要给我作嫁妆。我不想要什么嫁妆,我离嫁人还早呢。我觉得租房不如买房,宋垒,你对海山市的房地产市场这么了解,就帮我推荐个房子吧!最好是精装修的现房,拎包即住的那种,LOFT 就更好了,空间还能大些。"

"有啊!"宋垒麻利地打开背包,拿出一大摞户型图,他仔细比较了一番,挑选出三张,"你看这三个怎么样?位置都特别好,纯地铁房,这个还是双学区的呢!"

王图南指着其中一张:"这就在我家旁边,附近还有公园呢。"

"对,这个价性价比最高!楼层好,户型好,离地铁近,周边有公园、早市、商场,生活配套设施最全,关键是价格还不贵。"宋垒说得头头是道。

李甜甜是个行动派,她一扫胸中的闷气,心情大好:"那还等什么?咱们赶紧去看看!"

王图南喝光咖啡,开起了玩笑:"司机喝饱了!"

宋垒更是满脸兴奋:"我带你们去!"

海山市的天黑得早，傍晚四点，天就擦黑儿了。墨蓝色的天边裹着黯淡的光芒，洒下了满地的光之碎片，折射出五彩缤纷的世界。美妙的风景聚了又散，散了又聚，直到日月无光，夜幕降临，像极了人世间的相遇、分别和重逢。

所遇皆所念。仿佛什么都没有发生，又仿佛一切都即将发生，美好始终在延续。

李甜甜一个劲儿地给宋垒塞提成钱，微笑着说道："这是你应该得到的报酬。"

宋垒则使劲往回推："你们都是我哥的好朋友，这是我应该做的。而且，你们给我挣了个人业绩呢，我应该感谢你们才是啊。"

王图南没说话，他想起了另外一张面孔——王励。这两个年轻人，一个是海山市本地的寻梦人，一个是外地来海山市的寻梦人，每个人都在各自的领域里努力着、奋斗着。而放眼整个海山市，还有很多个王励，很多个宋垒，一个崭新的海山正走在铺满星光的大路上！

王图南伸出手臂拦下了宋垒："你拿着吧，我觉得你特别适合干这行，现在老百姓的手里有钱了，房地产市场这么好，你是入对行了。好好干，只要有劳动就有收获，海山欢迎每一个脚踏实地的劳动者。"

| 奋进者

"不行，我不要！"宋垒执意拒收。

"收下吧。"李甜甜兴奋地说道，"你要是过意不去，就请我们吃个饭吧！也庆祝我在海山有个小家了。"

"这……"宋垒神色犹豫。

"收下吧，赶紧吃饭去！"王图南打开车门，"走吧，老四季，抻面加鸡架。"

"走——"李甜甜拍了拍宋垒的肩膀，宋垒内心一颤，耳朵根都红了。他急忙坐到车里，低着头不敢说话。

车子一路西行，王图南和宋垒聊起了家常。

"宋垒，我身边的朋友、同学都到了结婚的年龄，都有买房的需求。我会把你的电话给他们，你就像今天帮甜甜买房那样，该拿多少提成就拿多少，让他们买到好房子才是硬道理！"

宋垒激动地咧嘴笑了："太谢谢王哥了！我在海山人生地不熟的，没人信任我，我正愁拉不来客户呢。王哥，你放心，只要找我宋垒买房，我一定尽一百分，不，是一千分，一万分的努力。"宋垒语无伦次地表达着感激的心情。

李甜甜也笑了："这都是互相帮助嘛！人家买到称心如意的房子，也是会感谢你的。"

"那不一样！"宋垒拍打着胸脯，"为客户服务是应该的！"

"好啊，有这么高的服务意识，早晚是销冠！"李甜甜称赞道。

宋垒疑惑地挠头："肖、冠？肖冠是谁啊？也是卖房的？在哪个中介所？"

李甜甜笑开了花。

王图南忍俊不禁地摇头："你慢慢就知道销冠是谁了！"

"嗯，我会像肖冠学习的。"宋垒的眼底闪过一抹坚定的光芒。

车内的气氛变得十分轻松愉快。王图南随口问道："宋垒，你住哪里啊？"

"我住怒江公园那边。"宋垒缓解着内心的自卑，"那边离早市近，人多，房子也便宜，一个月才三百。"

"三百？"李甜甜大吃一惊。

"是平房，快动迁的。"宋垒解释道。

"那片不是棚户改造区吗？"王图南凭借着记忆说道，"听说去年就开始动迁了，停水、停电、停气，你怎么住呀？"

"是的，都扒一半了，明年夏天全部动迁完毕。"宋垒诚实地回答，"我不怕吃苦，我能住。"

"那也不安全啊！"王图南有些担心。

"没事，我一个大小伙子，怕啥？"宋垒实在地说道，"我想多攒点钱,将来盘个店,自己开一家房产中介。其实开中介的钱并不多,五万就差不多了,关键是选址地点和掌握的房源信息。我打算除了代理的新楼盘和二手房的房源,学区房也非常重要,我最近跑了几个地方……"

宋垒越说越兴奋,他的眼睛闪耀着明亮的光芒,就像天边闪耀的银河,映照着他理想中的星辰大海……

● 第五章

海重的吹哨人

他在屋里来来回回踱了几步,最后神色郑重地拨通了傅觉民的电话:"董事长,我有个重要的事情要汇报。王图南刚刚提了个报告……"

· 14 ·

海重人的春节一向是忙碌的，这取决于车间的排班和生产任务，每个工人都在三十晚上加班的时候吃过领导送来的慰问饺子。除了不能喝两口，食堂的年夜饭还是相当丰盛的。

伴随着一万响的大地红鞭炮声响，海重傲人的成绩已经成为过去，新的一年开始了。

集团总部下发了三份文件，第一份文件是关于提高差旅费的报销标准。标准从过去的每天五十元调整到二百八十元，并将城市进行了分级，详细拟定了一线、二线、三线等城市的具体细则，引来职工的一片叫好。

第二份文件是集团的春招计划。海重将在海山市的各大院校招收三百名应届大学毕业生，再加上照顾政策下的海重子

| 奋进者

弟和其他各种门路送来的关系户，差不多新进了一千多人。几乎每个部门都有一群新来的实习生，然而根本没有那么多的实习岗位，就干脆直接设置了一批新岗位。许多岗位纯粹就是为了安排实习生就业而设置的，简直武装到每一个工段，工段长、分配员、计划员、安全员、检查员、保管员，全配上了实习助理。装配工也给配置了实习记序员，专门监督装配工磨洋工的，吴辽管他们叫"特务连"。就连王默都带了两个小助理，她的派头更足了，还学会了涂胭抹粉，眼皮涂着蓝黑色的眼影，实习生们背后都叫她"蓝精灵"。

整个海重都处于一种外紧内松的状态，为了营造更好的工作氛围，傅觉民从省里争取来了承办行业技术交流大会的机会。这是省里一年一度的技术大会，各大国企、民企、外企都会派出技术骨干参会，王图南和宋腾飞的名字都在参会名单上，两人拿着邀请函到高新区宾馆报到时，还遇到一个小插曲。

一个年龄相仿的青年因为忘记带邀请函，大会的工作人员不予接待。年轻人口才极好，一顿解释："我叫王欣宇，这是我的工作证、身份证，我还能提供在单位工作的证明照片……"

"同志，这只能证明你是江重的职工，并不能证明你有资格参加大会。"工作人员的态度很坚决。

"你们可以打电话到江重行政办核实我的身份啊！"王

欣宇据理据争，"现在都什么年代了，邀请函只是一个形式而已。"

"哎，你这个小同志态度不端正啊！邀请函上盖着大会的红章，那是荣耀，怎么是形式呢？"工作人员板着脸。

"我不是这个意思，我是说凭票入门的形式！"王欣宇解释道。

"不管什么形式，没有邀请函，不能办理入住手续。请你让一下，不要耽误后面同志的时间。"工作人员摆起架子，直接将王欣宇当成了透明人。

"你这是什么态度！"王欣宇急了。

"我照章办事难道还有错？"工作人员也急了。

在后面排队的王图南和宋腾飞默契地对视一眼，主动站了出来。王图南劝着王欣宇："消消气，他也是在履行工作程序。"

宋腾飞则劝着工作人员："咱们这是行业大会，不打广告，没有宣传，哪能有外行人？都是自己人嘛，打个电话核实一下，补一个邀请函就行了！"

经过两人的一番劝说，王欣宇终于顺利办理了报到手续。

"谢谢你们！"王欣宇在休息区主动找到了王图南和宋腾飞。

王图南略带歉意地说："是我们海重的工作没有做好！"

宋腾飞更为世故："让兄弟受苦了！"

王欣宇笑了:"我认识你们,你俩是王图南和宋腾飞,海重的救火英雄。"

王图南闻听一愣,没吭声,宋腾飞自嘲地说道:"没想到我们居然这么出名了。"

"何止!"王欣宇开起玩笑,"都写进各个厂的安全规范里了,每周必须提一次。"

"哈哈哈——"三个年轻人心照不宣地笑了起来,潜移默化地拉近了彼此的距离。

"对了,你是江重的,一定知道赵心刚吧?他当年真的是主动离开江重的?李东星就没留他?"王图南一提到偶像,不自觉地眼神发亮。

王欣宇点点头:"你算问对人了,赵叔就是为了把名额给我爸才离开江重的。"

"哦!原来你父亲就是王连成!省里的劳模,优秀共产党员!"宋腾飞的情绪变得激动,"我听过他的事迹,太感人了,大国工匠的范儿!"

"我爸的确是老黄牛!"王欣宇的脸上透出满满的骄傲。

"虎父无犬子!"宋腾飞发自内心的佩服。

"江重现在怎么样?"王图南问起了关键的技术问题,"盾构机的国产化率能达到多少?"

王欣宇的手在脖子上比画了两下,王图南的心顿时凉了半截。是啊,卡脖子的技术壁垒哪能那么容易攻破?

"你们厂呢?"王欣宇反问。

"彼此彼此!"宋腾飞也做了个同样的动作。

"研发如何?"王图南又问。

王欣宇的语调变成有些沉重:"缺钱啊!董事长顶着压力四处筹钱呢!说到底,我们就是缺钱和时间啊,只要给我们足够的研发资金和足够的时间,我们一定能攻破卡脖子的技术,一定能拥有自主研发的盾构机。"

王图南想到还没有着落的备件和军令状,无声地点了点头。

王欣宇是聪明人,同在老国企,同在搞研发,这种心领神会的默契还是有的:"赵叔说过,我们是在改革中前行,老国企的底子厚,资金的问题交给市场,我们会找到出路的。"

王图南若有所思地"嗯"了一声。

三个年轻人又聊一些工作和生活的事情,晚饭过后,各自回房。王图南和宋腾飞同住一间房,两人似乎又回到了大学时代。

"我觉得王欣宇早晚会离开江重的,"王图南用肯定的口吻说道,"他的眼界太开阔了!"

"不会吧?"宋腾飞摇头,"他在江重的资源很好,是李东星身边的人。"

"打个赌？"王图南提议。

"如果是我，我可舍不得离开！"宋腾飞叹息一声，"可惜啊，我没有他的命啊！"

屋内陷入了尴尬的沉默，耳边只有嘀嗒嘀嗒的钟声，那声音顿挫而有力，连接的是过去和未来。

这段日子，王图南的心情很沉闷，除了军令状的进度，他也非常不赞同海重大批量的招工。尤其是招收了许多专业不对口的职工，这会直接增加海重的运营成本。今晚，他终于找到机会能说说心里话。

"腾飞，当年咱们进厂时，设计院留了16个人，都是机械、电气自动化专业的研究生。今年大翻倍，留了35个，好家伙，连学心理学专业的都来了！再搭配上学护理的小马，设计院都快改社区医院了。"

"你可千万别再去捅娄子了！"宋腾飞直接交了实底，"海重走的是曲线救国的路线。海山市这三年对制造业企业的税收优惠力度非常大，像海重这样的老国企，只要每年招满三百名省内各大院校的应届大学毕业生，就可以减免一部分的税。税收优惠就只有这几年才有，过了这村就没这个店了，董事长的算盘打得精着呢！"

"我听过这个事情,但为什么江重没有这么做?"王图南的心里总是不踏实。

有些时候,看似细微之事,本身似乎毫无意义可言,却对今后的发展产生了不可忽视的作用。时过境迁之后,回顾其因果关系,却发现其影响之大,殊可惊人,就好像蝴蝶效应。

当年海重身陷泥潭,最大的原因就是负担过重。小马拉大车,既定计划的市场份额无法养活将近五万名的职工,从而引发了一连串的连锁反应,进而产生了难以忘却的时代阵痛。这才过去十多年而已,董事长怎么会重蹈覆辙?严格控制人员成本,提高工作效率,将分配制度改革执行下去才是硬道理。董事长亲自走过那段难忘的岁月,肯定体会比谁都深刻,他必定不想让海重再走一次老路。

近些年,海山市人才外流严重,海重连续扩招,想必也基于国企肩上的责任和面子之托。而且海重又是人情社会,谁能说得清呢?

"睡吧!"王图南关了灯,"过几天叫上郭美娜和李甜甜一起吃个饭,我请客。对了,把宋垒也叫上吧。"

宋腾飞把灯又打开了:"吃饭的事情好说,还有个事!"

王图南回避话题:"宋主任要请客?"

"少来哈,我说正事呢!"宋腾飞谨慎地说道,"集团的调整小组已经正式开始工作了,目前设计院有一百多职工,院长一名,负责全面工作,两名副院长分管六个部长,六个部长分管下属的所长和室主任。部长和以上的职位轮不到咱们,但是室主任和副所长真的可以琢磨琢磨。"

王图南目光一滞,想起了集团下发的第三份文件。这份文件简直搅动了所有人的小心思,大家都攒足了力气,四处找关系、投门路,只为寻个好位置。不夸张地说,现在调整小组的成员就是钦差大臣,走到哪里都受人欢迎。

海重的事情一向是这样,表面上变了,骨子里的保守从未改变。伴随着厂子越来越好,似乎还有往回走的苗头。就拿这次的组织机构调整来说,从字面上看,要"打破僵化的管理制度"。改正从前的因噎废食是好的,竞聘上岗、择优录取也是对的,可是执行起来就是另外一回事了,经常是走着走着,路就偏了。

王图南坚决地摇头:"我不参加竞岗,这不是我想要的。"

"那你想要什么?"宋腾飞劝慰道,"你一直在实验室吭哧吭哧地干,可结果呢?我听说连备件的采购计划都取消了,你的测试也就勉强能维持到第一季度结束。如果你竞聘上室主任就不一样了,你手里有备件额度,你还可以申请更多的资金,拿更多的项目,这样你才能完成自己的技术理想。"

"然后呢？"王图南坦然地说道，"然后我要像你一样，付出更多的时间去经营人际关系，去平衡厂内人情世故的关系，去开永远开不完的会，去争取更多的好处。哪还有时间在实验室干那些安装、调试、数据采集的事情呢？"

"王图南！"宋腾飞的脸面有些挂不住。

王图南没有说话，房间很安静，呼呼的喘气声仿佛清风的手拨乱着两人的思绪，那是一种压抑在心底呼之欲出的火气。

两人同时都想起了难忘的校园时光，那座篮球场就是他们一争高低的战场。每当两人的相悖意见处在喷发的临点，都会不约而同地走向球场，打一场酣畅淋漓的比赛。王图南占据身高优势，宋腾飞占据体能优势，两人在你争我夺的合理碰撞下，用运动对抗的方式来磨灭难以求同或说服对方的戾气。

赛后，两人都会软绵绵地躺在球场旁的长椅上。

王图南说："我赢了。"

宋腾飞说："我没输。"

是的，有些人的倔强是梗着脖子一言不发，像一个睡落枕的哑巴来显示自己的本事。还有人为了把屁大的事说漂亮一点，故意用花里胡哨的虚伪，来掩饰被精神阉割后的无力、无知和自大。

你有权利当哑巴，你也有权利说漂亮话儿。无法求同，只能存异。

王图南感慨地说道:"每个人都有自己的选择,你选择了那条路,我选择了这条路,条条大路通罗马,适合自己的才是最好的。不过,我还是要劝你一句,我们机械专业出身的人,无论选择哪条路,技术绝不能扔!"

宋腾飞不服气地反驳道:"我钳工的手艺可比你好多了。"

王图南笑着没吭声,又关了灯。黑暗中,他摩挲着大拇指,指肚上已经磨出了一层薄薄的茧子……

三天后,技术交流大会闭幕。王图南和宋腾飞与王欣宇道别,大家开始了各自的忙碌。

项目进展缓慢,王图南很着急。他在食堂的角落吃了一顿无感的午饭,尝不出任何味道,不咸、不淡、不香、不辣,纯粹就是为了填饱肚子,如同嚼蜡。他不喜欢这样的感觉,却无能为力去改变什么。

他满怀心事地走出食堂,在厂内慢慢踱步。宋腾飞说得没错,少了物资采购的支持,测试工作的进展很缓慢,顶多还能再坚持一个月,怎么办呢?

他苦恼地叹了口气,发现自己又来到了那个僻静的角落。眼前什么都没变,大杨树上的小家雀、补腿的长条椅、两个掉茬儿小碗，还有睡懒觉的大黄猫，一切还都是老样子。他有种恍若隔世的感觉，仿佛自己回到了孩童时代，牵着父亲的手来到了上个世纪的老厂，眼前的一切是那般的亲切。他情不自禁地弯下腰，端起装小黄米的碗，这时，却有一双粗粝的手拦下了他。

"好小子，让我逮个现形！"一个长满络腮胡子的老师傅劈手抢走了小碗，"老子就这点爱好，还让你给抢了！"他搅了搅碗里的小黄米，那群小家雀呼啦啦地围住他，有两只胆大的还落在了他的肩膀上。

王图南认出了他身上穿的旧棉袄，那是重组前老厂的工装，而且是八十年代的款式。瞧对方的年纪应该比自己父亲还大，算来应该也是接近退休的人了。

"不好意思师傅，我是路过的！"王图南带着歉意说道。

老师傅没搭理他，动作熟练地把碗里的小黄米扬出去，又从旧棉袄的里怀掏出一个小塑料袋，把里面的碎鱼肉倒在另一个小碗里。他拉长声音，吆喝道："橘子，橘子，开饭喽！"

大黄猫慵懒地睁开眼睛，弓起身子，舒展着肥硕的腰，几个回合下来，才跑到老师傅身边献媚地乱蹭。老师傅挠了挠它的脑门，大黄猫舒服地"喵喵"叫个不停。

"吃吧！"老师傅把小碗推过去，大黄猫满足地吃了起来。

王图南看着如此和谐的画面,感觉自己既多余又尴尬。但是此刻他的内心很宁静,还不想走,于是他不好意思地又强调了一遍:"师傅,我真的是路过的。"

老师傅爽朗地笑了,跷腿坐在长条椅上,用左手从烟袋包里捏出一把碎烟叶,利索地卷了根旱烟,吧嗒吧嗒地抽起来。许久,兀自说道:"王图南,你小子把全厂的奖金都弄没了,真牛!我当然相信你是路过的,大路不敢走,只能从我这里路过了!"

王图南羞愧地低下头:"是啊……"

老师傅吐出一个椭圆形的烟圈,感叹道:"王立山养个好儿子啊,你小子,有种!"

王图南很惊讶:"您认识我爸?"

"王立山啊,是把好手,就是书读多了,力气小,拧不动螺栓。"老师傅跷起二郎腿晃悠,长条椅也跟着震动。

父亲干过装配钳工?为什么他从未向自己提起过?这位老师傅又是谁?

王图南仔细打量眼前这位神秘沧桑的老师傅,他是个左撇子,手掌很厚,每根骨节都很粗壮,被烟叶熏黄的食指和中指上至少有三排茧子,那是常年在操作台上干活留下的印记,一看就是干装配的大拿。

王图南想到自己的境遇，郁闷的内心一片苦涩，看来自己真的出名了，连消息都传到这了。他落寞地说道："我是海重人人喊打的敌人，不过大家也烦不了我多久了。我没有足够的备件进行测试，完不成军令状，很快就要离开海重了。"

"哼！"老师傅的鼻孔里窜出来一缕缕烟，似乎看透了局内事，"傅觉民的手里没有钱。"

王图南愣住了，没想到厂内还有和自己想法相同的人。

"我听说过你的事情。咋的，憋屈了？后悔了？不想干了？"老师傅歪着头问道。

王图南摇摇头："没有，我还想继续干，可是我一个人干不了，现在连零件都没有。"

老师傅眯着双眼，将抽了半截的烟卷摁灭，认真地说道："我还有半年就退休了，咱爷儿俩有缘分，如果你答应帮我在退休之后照顾橘子，我就给你支个招，能让你再顶一阵子。"

"您有办法？"王图南顿感欣喜。

老师傅将大黄猫抱在怀里："同意不？"

"同意！"王图南起了好奇心。

老师傅放下大黄猫，大黄猫伸了个懒腰，又去老地方睡觉了。他也跟着站了起来："你们这些年轻人啊，啥啥都要新的。"老师傅指点着王图南身上的新工装，"咋的，旧的就不能穿了？老人儿就不中用了？"

"您的意思是……"王图南越听越糊涂，怎么还训起话来了？

老师傅郑重其事地说道："你们设计院是全厂最好的单位，啥东西都张口要，要着要着就要习惯了，一断贡，就玩不转了。咱们在老厂那会儿，要啥没啥，最困难那几年，螺栓都得自己车，但从来没耽误过交工。老话说得好，自力更生，艰苦创业，你得自己想想办法。没有工具，想办法借，或者自己做。没有零件，就去旧机床上拆。你知道咱厂一个月装废多少机床不？多了去了！都在废料仓库里堆着，等着往铸造厂拉呢。拉去铸造厂能干啥？当废钢处理呗！"

王图南的脑子顿时开窍了，对啊，他怎么没想到呢！一些零件拆下来直接就能用，一些零件稍做调整也能用，这可真是节约成本的好办法！都说老同志落伍了，看来有时候还真得靠老同志出谋划策呢！

"谢谢您，师傅，我懂了！"王图南露出自信的笑容。

"哎，我还有个事！"老师傅摸了摸胡子，神秘兮兮地说道，"你不能告诉任何人是问我告诉你的法子，更不能说认识我。"

"这……"王图南犹豫了一下，但还是点了点头，他试探地问道，"我不对别人说，但我自己想知道是谁帮了我这个大忙。请问，师傅贵姓？"

老师傅的眼底闪过一丝落寞，狠狠地说出三个字："夏山川！"

· 15 ·

星期二，李甜甜起得极早，几乎是第一个走进高新区行政审批大厅的，面对窗口上一个个指示牌，有点懵。说来惭愧，这是她始料未及的局面。南重鉴于生产基地的归属性放弃了自贸区，选择了拥有上百家国企、民企和外企的工业制造业基地海山高新区。高新区管委会的服务理念一流，就是辖区内的企业太多了。多，就要排队。另一个主要原因是南重在海山的人员配置很少，每天都在招人，却一直在缺人的状态。李甜甜作为半个本地人，直接冲锋陷阵，忙得团团转。今天，她实在没有办法，找到了王图南。

王图南特意准点下班，将车停在高新区行政审批大厅的门口，李甜甜满脸愁容地抱着厚厚的档案袋从里面走了出来。她一直在通电话，看样子是在像上级汇报工作。王图南没去打扰，坐在车里安静地看着她。

他没正式谈过恋爱，但有过喜欢的女孩，喜欢一个人的感觉是踏实的、温暖的，也是紧张的。能够大大方方说出口的，都是简单的需求，比如温饱、劳动、交往等等，总是根植于理性，态度直接且干脆。而那些难以言说的才是真实的期望，比如依赖、承诺、理解、安全。这些感觉摸不透，攥不紧，测不准，甚至还有些慌乱。

或许是李甜甜爽朗独立的性格吸引了他，或许是她敬业和专业的工作态度感染了他，又或许是她那天在黑中介的弱小让他产生了保护欲，他对这个女孩的情感在逐步升温。尤其在春节放假的那几天，他甚至产生了深深的思念，他盼着她早点回海山市，早点见到她。

"这里！"王图南看到李甜甜挂断电话，立刻按下车窗，朝她打招呼。

李甜甜干练地坐到车里，打开了档案袋。

"怎么样？"王图南试探地问。

李甜甜对比一个小条条上的文字要求，按照顺序整理文件："还差很多手续，别的企业都是财务和行政配合着工作，我们的财务还没有到岗，我不是在排队，就是在填表。按照这个速度，五一之前根本没办法开工。"

"是不是不太熟悉办事流程？"王图南一向说话直接。

李甜甜习惯了和王图南业务上的交流，笑着说道："我已经很努力地走流程了，现在不是熟悉不熟悉的问题，而是审核、批准、核定和时间的矛盾。你看——"她举起一张表格,"建委说这个表的审核需要五个工作日,税务说这个表的审核需要三个工作日,社保说全办完才能录入,这都是一环扣一环的顺序,需要各个部门的配合。"她把资料装回档案袋:"我一个人实在是分身无术。"

"你不是小太阳吗?"王图南鼓励李甜甜,"一件一件办。"

"嗯!"李甜甜充满信心地点点头。

忽然,王图南的手机响了,"周芊素"三个字跳了出来。他按下接听键,一个傲慢的声音传了过来:"王图南,什么时候良心发现了?你是来看我的吗?"

王图南看向亮满灯的管委会大楼,笑着说道:"周芊素,你这么能掐会算,干脆去摆摊算卦吧。"

周芊素站在管委会大楼的九层朝下看:"少来哈,我在楼上看到你车了。你来办事?"

王图南看了眼李甜甜,心头一动,说道:"是啊,我是来找周主任请求支持的。"

"上来吧,别耽误我等会儿下班。"周芊素眯着眼睛看着李甜甜从王图南的车里走出来,嘴角翘了起来。

"我带你去见周主任,周芊素!"王图南向李甜甜打开了话匣子。

周芊素，海山市人，标准海归，曾经在英国曼城留学。回国后本想去杭州发展，但父母死活不让去，她就考了公务员，现在在高新区的管委会工作。因为她有过留学的经历，英语很流畅，就被分派去负责外企的招商工作。去年因为工作能力出众，已经被擢升为科室主任。

王图南和她是通过相亲认识的，他们就是那种在七大姑八大姨眼里般配得不能再般配的男女了。可惜两人都不来电，而且周芊素已经有男朋友了，只是家里人不同意而已。

王图南是个诚实的人，他对李甜甜坦诚了一切："就这样，我们成了好朋友。周芊素办事能力很强，还是个热心肠，希望她能帮到你。"

李甜甜感觉到一种被重视的温暖，她甜甜地笑道："谢谢！"

周芊素是个行动派，王图南和李甜甜刚说明来意，她就开始认真地查看起李甜甜带来的各种材料了。

王图南故意调侃："你们怎么要这么多材料？别把投资商给吓跑了。"

周芊素埋头说道："手续看着多，都是为了保障双方的利益。说实话，海山也怕遇人不淑啊。"

"怕？"李甜甜有点疑惑。

周芊素把一叠文件装入崭新的档案袋，解释道："是啊，海山市这几年真是带着一万分的诚意招商引资的,土地、税收的优惠力度都非常大。可是有些企业不是带诚意来的,他们低价购入土地,搁置不动工,转手就翻倍卖掉,简直就是空手套白狼。为了堵住漏洞,去年出台了签约后不得转让和十五个月内必须动工的制度。这些文件都是为了双方的利益,希望你们能够理解。"

"原来是这样啊。"李甜甜点头,"这么说的话,有些手续真不能少。"

王图南欣慰地说道:"还是那句话,给海山市点时间,慢慢来!"

周芊素微微一笑:"放心吧,南重是南方知名的民营企业,能来海山市投资是我们的荣幸。从今年起,管委会招商办会给每个来海山市投资建厂的企业配备一到两名工作联络员,全程为企业服务,解决企业的后顾之忧。这才刚过年,联络员的名单还没最终敲定,真是抱歉了。"

"那可真是太好了!"李甜甜感谢地说道,"有联络员是好事,这真是想企业所想,急企业所急。"

"放心吧,我们会逐步加大服务力度,同时减少管理上的行政制约。"周芊素微笑着说道,"未来十年是海山市的关键年,改革的力度会突破曾经所有的过往。我坚信这十年也将是中国的关键年,每一个中国人的美好愿景都将会得到好政策的指引。"

"说得好,越来越像周主任了。"王图南称赞周芊素觉悟高,李甜甜也对她赞不绝口。

离别前,周芊素伸出手:"欢迎南重来海山市投资,也欢迎老乡回到家乡奋斗。"

"谢谢!"李甜甜紧紧地握了上去。

出门时,海山市的天已经黑了。在送李甜甜回家的路上,她问起军令状的进展,王图南兴奋地讲起遇到夏山川的情景,随后补充道:"我好像在哪里听过这个名字,就是想不起来了。"

李甜甜看着路口的交通灯,笑道:"听起来这个主意不错。在试验、测试阶段拆旧零件是可以的,先采集到完整的数据,在投产的时候再装一台新机床,这是民营企业经常做的事情。这在很大程度上降低了研发成本,减小了企业的资金压力。"

"你也觉得可行?"王图南的眼底泛起光芒。

"当然啦,王工,加油!"李甜甜鼓励道,"我请你吃饭。"

其实,于公于私,李甜甜都想找个机会请王图南吃个饭。这是她一贯的作风,最舒服的相处模式就是平等。

王图南没有拒绝,不可说的默契为甜蜜的爱情增加着温度,浪漫的曲调在悄无声息地哼唱着……

"好嘞!"王图南握紧方向盘,踩下油门,融入拥挤的车流中……

半小时后,两人来到了一处错落有致的民国老建筑群,全部是复古的老红砖墙,墙面上贴着复古的广告,有摩登的旗袍女子、有富有年代感的外接楼梯、有烟火气的步幌子和入口灯牌等等。

仿佛一下子从熙熙攘攘的城市穿越到一方新世界,一眼便是千年。

这里有各种喧嚣、市井烟火和肆意畅快的人生。李甜甜兴奋地东张西望,眼神里满是闪亮的光。

王图南介绍道:"这里是海山巷,整条巷子有三百多米,建筑面积达到了上万平米,上过电视呢。我和同事来过一次,还是不错的。这里有夜市,美食,有街区,还有各种老物件。你看——"

他指向一栋小洋楼:"老去的似乎离我们很远,却很近。以前,这里是电影院,父亲总骑着自行车带我来看电影,检票的围栏还夹过我的头。"

"哈哈。"李甜甜笑个不停,"这么说,小时候,你的头还挺大的?"

"一般大吧。"王图南摸着后脑勺。

李甜甜说道:"嗯,小时候,矿上总放露天电影,我们孩子最喜欢了。就是蚊子太多,每次看完电影,身上一堆红包。"

"那岂不是很富有?"王图南少有的风趣。李甜甜笑个不停。

两人边走边聊,王图南感慨地说道:"建筑果然是一座城市记忆的见证者。"

李甜甜歪着头,举起双手摆出照相的姿势:"这叫沉浸式体验。嗯,前面那家饭店不错,尝尝?"

"好!"王图南主动揽过那单薄的双肩……

16

海山市的天是从凌晨五点十六分亮起来的,墨蓝的天边褪去一层层锈色,露出光滑柔和的白边和包裹着光明的线条。

第一实验室的灯亮了一整夜,王图南一夜未睡。他站在窗前,明亮的玻璃上透出厂内沉静的烟火气:下夜班的工人三五成群地抱着脸盆去浴池结伴洗澡,食堂大姐正在指挥卡车卸大白菜和红萝卜,运输队的司机端着冒热气的水盆在洗抹布……眼前的景象是那般的真实,每天都在重复,王图南却看得心里满满的,仿佛浑身有使不完的力气。他将辛苦一宿写出来的报告打印出来,在结尾处郑重地签上了自己的名字。

上午八点,王图南第一时间来到毕心武的办公室。屋内飘荡着铁观音的茶香,毕心武正在翻看着《海山晨报》。王图南将报告放在办公桌上,诚恳地说道:"请毕院长过目。"

毕心武放下报纸,板着脸说道:"这一大早的,你又整什么幺蛾子?"他不紧不慢地翻开报告,只瞄了一眼脸色就变了,心底更是掀起万丈巨浪。但是他很快恢复了镇静,将报告合上,平静地说道:"王图南,你到底想干什么?"

王图南殷切地解释:"毕院长,我想过了,从废机床上拆零件是个好主意。那些用旧的主板、存储卡等等都可以重复利用,这样能大大降低研发成本,还能解燃眉之急。只要您批准,我立刻就去办。"

毕心武努力地压制着心海深处呼之欲出的浪花,他想马上签字同意,可是这天大的事情他一个人做不了主,弄不好海重也得搭进去。等了这么多年,不差这一会儿。于是他冷静了下来,拿出领导的做派:"这个嘛……原来一直是这样的,后来不知道为啥停了,有阵子又开始拆了,现在又停了。废机床都在废料仓库,每月统一拉到铸造分厂。这俩都是独立核算的单位,咱们设计院一厢情愿是没用的。这样吧,你先回去,我研究一下。"

"毕院长！"王图南执着地请求着，"我在报告里认真做了分析，将备件分了四个不同等级，根据磨损程度……"

"知道啦！我没说不同意，我只是不能立刻答复你。"毕心武端起掉漆的搪瓷杯，杯身上印着"劳动模范"四个大字，他慢悠悠地喝起茶水，一闭眼皮，"你先回去吧！"

王图南只能转身离去。他前脚刚走，毕心武就飞快地放下搪瓷杯，伸出舌头散热，还不停地吹着气："这小子，烫死我了！"

"毕院长？"门外的小马担心地问候。

"没事，你忙你的。"毕心武眯着眼，一脸笑容。

"有事您再叫我吧。"小马见状，迟疑地关上门退了出去。

屋内只剩下毕心武一个人，他颤抖地拿起报告，认真地看了起来。半小时后，他欣慰地合上报告，自言自语地说道："王立山真的养了一个好儿子呀！"

他在屋里来来回回踱了几步，最后神色郑重地拨通了傅觉民的电话："董事长，我有个重要的事情要汇报。王图南刚刚提了个报告……"

傅觉民安静地听着毕心武的汇报，他的眉头皱得很紧，不禁问道："这是王立山的主意？"

毕心武的语气里充满了不确定:"不知道啊,我还没来得及和他通气。"

"那会是谁?这可不是小事。"傅觉民抿着唇,眼底一片刺芒。

毕心武一拍脑门:"我想起来了,会不会是……老夏?他当年……"

傅觉民的脸色愈发深谙。搬迁前那次惊心动魄的人事调整,为今日的海重埋下了巨大的祸端,这些他始终都记得!这些年他一直在想方设法地为海重补血,可是有人却在绞尽脑汁地放血,海重就是一直在这种失衡的状态下勉强运转着。

"不管是有人给王图南提了醒,还是他自己想出来的主意,时机既然到了,海重不能再错过!你可以签字了。"傅觉民郑重其事地说道,"记住,要做得像,要沉得住气。"

"好,我签字!"毕心武心头一热,胸膛里扑腾着滚烫的热血,他觉得自己似乎又是那个奋不顾身的年轻工程师了。他放下电话,激动地在报告上签下了自己的名字。

一周后,王图南拿到了有毕心武签字和集团盖章的回执报告。他兴奋地找到了夏山川,认真地把报告一字一句地念给他听:"……签字,毕心武、王图南。"

夏山川眯着眼,晃悠着二郎腿,坐在补过腿的长条椅上畅快地抽着旱烟:"怎么,傅觉民和刘晓年没签字?"

王图南摇了摇头,又再三确认地翻到报告的最后一页,上面除了盖在日期上的红章之外,空空如也。

夏山川嗖地站起来,摸着络腮胡子,忽然莫名其妙地大笑起来。

王图南满脸费解:"夏师傅,您怎么了?"

夏山川上下打量着王图南,嘴角扬得老高:"没事,你小子运气好,受重视,这么丁点的小事用不着麻烦大领导。走,我教你几招装配的绝活,尤其是6140,保准你受用。"

"太好了!"王图南紧走几步,赶忙跟了上去。

一阵微风吹过,大杨树的树枝肆意摇晃,一只顽皮的小家雀飞在空中,它的头顶上是垂落的、长满芽孢的、泛青的枝条。王图南真切地感觉到了融融的暖意——他的春天真的来了。

可惜,王图南高兴得太早了。

王图南兴冲冲地拿着回执报告来到废料仓库,保管员小荆说自己没权限处理这样的事情,于是他请来了主管废料仓库的主任——张伯军。

张伯军是个四十来岁的矮粗胖,整天抖着哗啦啦的钥匙盘在厂内晃悠,人送外号"大内总管",他也自诩是海重的大管家。平日里,张伯军和王图南不熟,顶多在食堂打个照面,混个脸熟。此刻王图南热情地和张伯军打招呼,拿出有毕心武签字的报告说明来意,但张伯军压根没把报告当回事,直接扔在一边,死活不同意拆零件,甚至连库房都不让他进。王图南的面子挂不住了,现场的气氛既紧张又尴尬。保管员小荆是个聪明人,找个理由就悄悄地地溜走了。

张伯军拉起大长脸,带着江湖气,挺吓人的。他瓮声瓮气地说道:"我只认进库单和出库单,其他的和我没关系!"

王图南耐心地解释:"张主任,毕院长已经签字同意了。"

张伯军皮笑肉不笑地抖着哗啦响的钥匙盘,说道:"毕院长是你们设计院的院长,我这里是废料仓库。他的官是大,可是管不着我,我是按章办事!"

"毕院长不仅是设计院的院长,按照级别也是集团的副总,这个报告已经上报给集团,集团办公室也盖章了。"

"刘总签字了吗?"张伯军的语调软了下来。

"这不是集团下发的规章制度,不需要每个领导都签字,只要负责的领导签字,集团办公室盖章就可以了。"王图南再解释一遍,"按照流程,我给你一份复印的报告,你签收存档。张主任,我今天不拆零件,就是进去看看。具体拆什么、用什么,我下次带出库单来。你放心,我一定严格遵守仓储的出入

| 奋进者

库条例。"

"那也不行！"张伯军语气坚决，"以前没有过这样的先例。你想咋办就咋办，那怎么行呢？就算要拆，也得找各个单位，包括我们废料仓库，开会研究一下吧？那机床的钢都是大厂的，国标，跟咱们爷们儿一样硬，咋拆？"

王图南无可奈何地清了清嗓子，眉头渐渐皱了起来。

张伯军挤着笑脸，一副公事公办的样子："这都是之前没有过的大事，要认真调研、讨论，反复研究才行。咋能这么草率？啊，现在你提个报告，老毕签个字，集团的小丫头盖个章，这就完事了？海重不是草台班子，是正规的大国企。"他摇晃着肥硕的脑袋，假装痛心地说道："你们不能这么瞎胡闹！"

王图南有些蒙："张主任，我没有胡闹，我是在给海重节约生产成本，让海重走得更远。"

"海重家大业大，差你节约的那仨瓜俩枣的？下岗那会儿，像你这样的人多了，后来都卷铺盖回家了，谁也没能救的了海重。海重靠啥走出来的？是国家出台了好政策，才走到今天的。靠你抠抠搜搜地省，海重能走几垄沟？"张伯军说起话来头头是道，满嘴大道理。

王图南被噎得一时无语，杵在那里没动。

张伯军大方地搂过王图南，脸色松弛下来，亲近地说道：

"王工，我知道你也是为了工作，可我也为了工作啊！你看——"他指向用撬棍当锁的仓库大门："废料仓库里都是破烂，哪里有什么能拆的东西？赶紧回你的实验室吧！实验室多气派啊，空调、暖气、饮水机，啥啥都有。仓库这破地方冬天冷，夏天热，春秋漏风，耗子都不爱呆。我是没办法，大老粗一个，只能在这里混日子了。"

"张主任，请支持我的工作。"王图南盯着仓库大门说道。

张伯军的脸色立刻变了，咬着牙根骂道："油盐不进啊你！你赶紧走，少整那些没用的。"

"这是我的工作！"王图南又重复一遍。

张伯军戴上白色的棉线手套，冷笑道："这也是我的工作。王图南，你们设计院油水最足了，不买好的，倒上我这来捡破烂，抢饭吃！真不讲究！赶紧走，别耽误我盘库。"

"我不走！"王图南苦口婆心地说道，"张主任，我们都是海重人，我们都是为了海重好。这都是工作上的程序，别为难我。"

"谁为难谁？"张伯军脸一沉，顺手抄起一米多长的撬棍，刻意地敲打着地面，"好话赖话听不出来吗？书呆子一个！赶紧滚！"

"你这人怎么这么浑？你这是什么工作态度？"王图南大

声反驳。

"就这态度，咋的？"张伯军咬着牙横起来，直接抡起了大撬棍。王图南后退两步，灵活地躲开。张伯军却步步紧逼，又往前上了一大步。

"打架啦！出人命啦！"路过的工人扯着嗓子喊起来，个个都是看热闹不嫌事大的主。

"怎么回事？"路过的吴辽径直冲了进来，他挡在王图南的前面，拦下张伯军的撬棍，劝慰道，"都是误会，误会。"

"嘿！小兔崽子，在老子的地盘捣乱，老子替你爸管教管教你。"张伯军嘴里骂骂咧咧的。

王图南气不过："别血口喷人！我是来公事公办的，没捣乱！"

"办你个头！"张伯军耍起驴脾气。

"你！我是有手续的，你横拦竖遮的，你讲不讲道理！"王图南还想上前理论。

吴辽连忙拦下来他，小声说道："秀才斗不过兵！王哥，大管家是厂里出名的驴脾气，你别惹那闲气了。"

"那我的工作怎么开展？"王图南扬起手里的报告。

吴辽劝慰道："这样的小事让郭靖和张巍来办吧，你和大管家的气场不合，你就别较劲了。"

"不行,这里是海重,我就不信还有什么事不能公事公办!"王图南在看热闹的人群里看到一张焦急的面孔,又瞥了一眼仓库大门,"不过你说得对,不仅是气场不合,还是时机不对!我换个时间再来!"王图南说完扭身便走。

"这就对了!"吴辽挺高兴,还以为自己成功阻止一场械斗,立了大功呢。他哪里知道,王图南的心里已经悄悄有了新主意。

不一会儿,天台上的宋腾飞听到王图南的计划,一眼严肃地问:"你不担心我告密?"

"我信你。"王图南轻松地拍过他的肩膀,"怎么样?敢不敢一起去勇闯天涯?"

宋腾飞笑了,憋在心底的郁闷,一扫而空。其实,他的内心也有理想,可惜理想在现实面前折了腰。他只能将寂寞高高挂起,假装在觥筹交错中获得瞩目的喜悦,在所有热闹中劝慰表情是符合时宜的。这看似是一件简单的事,却偏偏有些不便张扬。他也想上班摸鱼,下班骂领导。让群像、惯性、自然而然地显现出来,又带有一些小小的隐秘。当所有人都做这件小事,秘而不宣地把寂寞高高挂起,就成了一种不同的热闹,那种用寂寞拼凑成的热闹。

宋腾飞硬气地说道:"火海都过命了,也不差这一回。"

| 奋进者

王图南的眼底闪闪发光:"真兄弟。"

"干!"宋腾飞的底气很足。

入夜,两个身影偷偷地在厂区内晃悠。第一季度的生产任务不重,上夜班的工人不多,所以两人畅通无阻地来到废料仓库门口,一路上连一个人影也没有遇到。值班室里的老师傅睡得正熟,发出均匀的两长一短的呼噜声。

"王图南,我发现你有做飞贼的潜质!"宋腾飞故意调侃道。

王图南聚精会神地盯着仓库大门,叹气道:"我这也是没有办法的办法。你也看到了,张主任连门都不让进,还差点打了我。"

"这不像你啊!厂内传闻的版本可多了,什么大管家怒揍小毛贼,大管家英勇护厂,大管家三打王图南……"

王图南皱眉:"我的名声这么差吗?他是英雄,我是狗熊?"

"是啊,我也纳闷了,你的名声的确不能算差!"宋腾飞满脸严肃。

"那当然了。"王图南蹑手蹑脚地绕过值班室。

"那是相当的差!"宋腾飞揶揄地捂嘴偷笑。

王图南苦笑着弯下腰,缓缓蹲到仓库门口:"我也没有办法。下班前我已经交代好郭靖和张巍了,他们明天会拿着报告找张主任履行正常的手续。可是哪些能拆，哪些不能拆，他们也拿不准，今晚我得亲自过来看看，你也给把把关。"

"所以，咱们就当毛贼，哦不，是当大侠！"宋腾飞做出大侠的姿势，一不留神没站稳，差点摔倒。

王图南拉住他："你是宋主任，人缘好，万一咱们被抓，彼此做个证明。"

"就你心眼多！"宋腾飞站稳脚跟，白了他一眼。

王图南笑而不语，兄弟间的情谊无须多言，都记在心里了。他指着别在大门上的撬棍，认真地说道："白天来的时候我都观察好了，这个仓库没上锁，把撬棍拿下来就能进去。"

"赶紧的吧！"宋腾飞挽起袖子凑过去拿撬棍，抱怨地叨咕，"我这个主任才当上几天啊，就为你王图南服务了。"他手一滑，没抓住抽出来的撬棍。

王图南手疾眼快地接住，避免了发出响动。

宋腾飞紧张地拂过跳动的胸口，长舒了一口气。

王图南扬起嘴角："很高兴为宋主任服务！"

宋腾飞哭笑不得："下不为例！"

王图南微笑着从兜里掏出两个手电筒，分给宋腾飞一个："干活！"

"好！"

两个好兄弟并肩走进废料仓库。这里是钢结构的厂房，外面没有保温层，里面没有供暖设备，此刻就像一个大冰窖，冻得他们直打哆嗦。

"太冷了，赶紧照相，手机电池和家用电器都坚持不了多久！"宋腾飞指着手电筒说道。

"在那边！"王图南举起手电筒，照向一张大苫布。

宋腾飞掀开苫布，脸色陡然变了："图南，不对啊！该拆的都拆走了！"

王图南迟疑地看了又看："或许这本来就是旧机床……"说着，他掀开了另外一张苫布，随即他的脸色也变了。苫布下是摆放整齐的木箱，最上面的木箱没封盖，里面装着旧的变送器。

"这怎么可能？"王图南接连又撬开两个木箱，发现里面装的都是刀头和一些常用的备件。

宋腾飞也麻利地拽下一张又一张苫布，发现每台废弃的机床上都缺东少西。

一时间，两人默默地看着彼此，谁也没说话。

寒冷的风穿透一张张阻挡秘密的彩钢板席卷而来，刺骨的阴冷浸透着愤怒、伤感和压抑从两个人的头顶渗到脚底，冻僵了每一个毛孔。王图南感觉自己就像一个溺水的人，他终于知道为什么保管员小荆会如此慌乱,张伯军会如此蛮横无理。

原来废料仓库里藏着秘密,藏着肮脏的交易!这是隐藏在海重的地下黑色链条,他们在侵吞国有资产!

王图南的心情很沉重,所有的思绪仿佛都冻成了冰,扎得他心窝子疼。他串联起所有的链条,赵大鹏说过一车间的废品率高达15%,装废的机床都进了废料仓库,会送到海重的铸造分厂作为废钢回炉。这意味着装废的机床越多,他们私下倒卖的零部件就越多。这不是三五个人或者一个部门就能办成的事情,它的涉及面太广了。至少有一线的装配工人、废料仓库的库管、磅房的过检员、出门检查的保安等等,领导应该也是心知肚明的。因为这么大的事情,没人发觉根本是不可能的,唯一的答案就是它被领导压下了,而且还不是一般的领导!

王图南想到厂内的流言蜚语,再想到总经理刘晓年和铸造厂的一把手小刘总的关系,心里更是凉透了。今夜,他见到了一个深不见底的黑洞!他不得不接受这个残酷的现实。

宋腾飞是个聪明人,在大是大非面前懂得分寸。他盯着透着寒气的铁疙瘩,低沉地说道:"不对啊,废料进库前都要过磅检斤,各个分厂都是拿检斤票子和铸造厂独立核算的。如果拆得零零碎碎、缺东少西的,重量上对不上,铸造厂那边怎么可能不知道呢?"

| 奋进者

"如果铸造分厂就是最终的受益方呢?"王图南一语道破。

"小刘总!"宋腾飞的脸一瞬间冻得发白。

突然,四周一片漆黑,两个手电筒同时没电了!

· 17 ·

王图南已经连续五天来找夏山川了,但夏山川一直不在。长条椅和那只慵懒的大黄猫也不见了,只剩下一群叽叽喳喳的小家雀和两个掉茬儿的空碗。如果不是再三确认,王图南还以为自己的记忆错乱了。

夏山川到哪里去了?

王图南找过总机厂的电工师傅,结果大吃一惊。电工师傅说夏山川是个精神病,在老厂就办理病退回家了。可是他闲不住,没事就骑着一个多小时的自行车过来。起初,门卫不让他进,他就跳墙、钻洞,想方设法地进厂,门卫也拦不住他。好在夏山川进厂也不捣乱,就坐在从老厂搬来的长条椅上喂鸟、喂猫、晒太阳,碰到人就说自己是电工。时间久了,门卫也懒得管他,反正海重这么大,多出一个无所事事的老头儿,就像大海里多了一勺水,谁会在意呢?

"他这几天都没来?"王图南有些疑惑。

第五章 | 海重的吹哨人

"对啊，以前我每次检修变压站都能见到他和那只大黄猫，或许他生病了？"电工师傅将试电笔别在耳朵后面，四处看了看，转身走了。

王图南傻傻地站在大杨树下，回忆着这些天的过往，久久不能回神。

夏山川怎么可能是精神病呢？他装卸手艺好，思维清晰，说话利落，没有任何精神方面的缺陷。他绝不可能是精神病！

王图南不甘心地找到了人力资源部，固执地想看看夏山川的档案，但人力资源部以人事档案保密为由拒绝了他。不过，他还是得到了一个重要的信息。夏山川是在搬迁前的两个月在老厂的废料仓库里犯了病，他逢人就告状，把海重的一线职工到集团领导都告个遍，人人都说他是个疯子。海重念他是个老师傅，在厂里工作了三十多年，没有功劳也有苦劳，为他办理了病退。而且海重因历史原因有一批办理病退的精神病人，夏山川只是其中一个。这让王图南不得不怀疑精神病的诊断，同时也验证了他的推测。

"他绝不是精神病！你们这么做是想污蔑他，还是另有什么阴谋？"王图南气愤地问道。

人力专员小张压低声音说："王工，你可能不知道吧，海山市的这些老国企，海重、海药、海钢，哪家没有几千号的精神病呀？精神这个病啊，时好时坏，病在脑子里，得治，可是不好治。王工啊，我劝你还是别蹚这趟浑水了。"

"可他们都不是真的精神病啊！"王图南听得满脸费解。

"哎呀，王工，你不懂吗？这都是历史遗留问题，当年那些病退的都到了退休年龄，现在想以精神病为由办理病退是绝对不可能的，夏山川是最后一个。"小张悄悄地说道，"他是刘总亲自打过招呼的。"

"刘晓年！"

"不，是小刘总，刘学海……"

小张的话含在嘴里，王图南却记在了心里。他脑海中的线索愈加清晰，夏山川肯定是故意告诉自己拆卸废弃的零件，他是想借自己的手，掀开海重的地下黑幕。又或许当年夏山川早就发现了黑幕，所以才会被变成"精神病"的。

世上没有不透风的墙。海重没有秘密，这么大的事情，领导班子不可能毫不知情，那么谁参与了利益分配？谁在打太极装糊涂？谁在刻意纵容？这样的暗事，又有多少人参与其中？

王图南迈着沉重的步伐，异常沉默地走出了人力资源部。他又来到那个僻静的角落，那里只有一群小家雀围着两个空碗啄食，画面如此安静，却又如此神秘莫测。

如果夏山川是有备而来，那他不应该就这么悄无声息地离开。这件事还没有彻底地暴露在阳光之下，结果也很难说，难道他真的就这么走了？

王图南仔细看过去，长条椅后的墙角那里还立着一个日式的铁皮保险柜。这个保险柜已经很有年头了，铁皮很厚，还上了锁，没有密码根本打不开。密码是多少呢？王图南随手划拉着密码盘，无意间想到夏山川时常念叨的"6140"。他小心翼翼地扭动密码盘上的数字，转了几圈之后，咔的一声，保险柜的门开了。

里面的东西杂七杂八的，有铁扳子、钳子、大搪瓷杯、铝饭盒，还有一套海重的老工作服、一摞白色的线手套，这些都是夏山川平时常用的家伙事儿。王图南的手又往里探了探，摸到一袋小黄米，还有一摞用牛皮纸包的、贴着自制封条的资料。他将资料拽了出来，只见封条上歪歪扭扭地写着"王图南亲启"的字样。

这是留给他的？王图南困惑地撕开牛皮纸，竟然是一厚摞工作笔记本。这是老海重的工作笔记，塑料皮，小开本，有红、蓝、绿三种颜色，方便携带，经济实用，每月以劳保的形式发下去。海重的职工人手一本，都揣在上衣口袋里，工作中随用随拿。难道夏山川也爱记笔记？

王图南仔细地逐一数过，共计十六本，每本都按照时间

| 奋进者

顺序进行了编号，时间跨度是从 1999 年到 2010 年。王图南拿起第一本红色塑料皮的工作笔记，只翻开第一页，脸色就陡然一变……

接连几天，王图南都是在焦虑不安中度过的。此刻，他坐在办公室里，不时地盯着手机屏幕，他在想宋腾飞会怎样做呢？

自从那晚发现了废料仓库的秘密，他想第一时间向集团领导班子汇报并报警。宋腾飞拦下了他，劝他不要做冒风险的"吹哨人"。王图南断然回绝了他，并表示以个人身份汇报，不会连累他。宋腾飞晓之以理动之以情地分析了整件事情的严重性、风险性和不确定性，他劝王图南理智些，先不要张扬此事，他去探探各路领导的口风，然后再决定如何做。王图南同意了宋腾飞的建议，可是这都过去快一周了，宋腾飞毫无消息。王图南去了几次实验室都没找到宋腾飞，同事说他在集团的调整小组忙岗位竞聘报名的大事。

昨晚下班时，王图南特意在海重大门口堵住了宋腾飞，但宋腾飞要去和调整小组的成员吃饭，他以事有轻重缓急为由，放了王图南的鸽子。王图南隐隐觉得事情正在起变化，他有些担心宋腾飞还能不能守住初心……

"你……"王图南欲言又止,宋腾飞忙着打电话,话语中都是推脱之词。

"哎呀,心意领了,以后再说。"

"好,好,下周,下周一定到位。"

"嗯,行,我明天亲自去办。"

电话一个接着一个,没完没了。王图南等得着急,干脆拦下宋腾飞。

宋腾飞不耐烦地往里走:"我真的好忙。"

王图南直视那双布满红线的眼:"我只说几句话。"

"过几天再说,这几天我太忙了。"宋腾飞眼神闪躲地避开王图南。

王图南直接捅破名存实亡的窗户纸:"腾飞,你到底怎么了?勇闯天涯的侠客哪里去了?这些天,你都在忙什么?"

宋腾飞转过头,掩过内心的愧疚。这几天,一度高涨的虚张声势仿佛变成泄气的气球,皱皱巴巴的,整个人和精神都是松懈的。虽然,这是一个艰难的抉择,他却没有丝毫犹豫地说出自己想要的。

他都鄙视自己。这能怪他吗?就像书里说的,好像我们身上没别的,只有一张嘴,为这张嘴,我们得把其余一切的东西都卖了。现在,吃喝不愁了,那住所呢?他需要一个落脚的地方，给心爱的美娜一个家。

他没有资格站在道德和公知的制高点来为理想献祭，在现实面前，他或许是别人的祭品。

这有什么关系呢？世上没有绝对的公平。

"图南，以后，我们各走各的。"宋腾飞说出最残酷的话，"各自安好。"

王图南费解地站在原地，他早已知道这样的结果，为何亲耳听到又如此难过，准确地来说是无力。就像一个溺水的人在无助地蹬着空梯子，越是扑腾，沉的越快。

"为什么？"他有些哽咽。

宋腾飞没有吭声，在两人苍白的对话间，手机铃声响了，完美地解决了所有的尴尬。

王图南盯着宋腾飞离去的背影，心情沉重地走向了相反的方向。

狼狈伤感的情绪还没有褪去，郭靖迟疑地拿着一张单子，嚷嚷道："王哥，我和张巍下午还去废料仓库吗？我们急需电机，不如先领两台旧电机应急。"

王图南点了点头，又连忙摇头，若有所思地说道："不用去了，改天我再去一趟吧。"

"你还去呀？"郭靖很吃惊，"大管家可是软硬不吃。"

王图南的心里憋着一股劲儿:"这里是海重,不管是谁,都要按照规章制度办事!"

"可是……"郭靖急了。

王图南打断他的话:"张巍呢?"

"他开会去了。"郭靖悻悻地吐着舌头。

王图南没吭声,琢磨着或许下次开会时,他应该亲自参加。

忽然,门开了,张巍满脸喜悦地跑进办公室,手舞足蹈地大喊:"大喜事,大喜事啊!"

"啥喜事能轮到咱们第一实验室?"郭靖打不起精神。

王图南惊讶地盯着张巍手里的物资计划单,心头一紧:"备件的计划批了?"

"是啊,不仅批了,还拨了专项的扶持资金呢!"张巍翻开物资计划单,"领导非常重视和支持咱们实验室的课题,还说要给王哥评先进个人呢!"

"哎呀!阳光总在风雨后,终于见到彩虹了。"郭靖激动地站了起来。

可王图南的脸上却丝毫没有笑意,他盯着张巍,抿着嘴唇问道:"是毕心武批的?"

张巍神秘兮兮地关上门,小声说道:"怎么会是他?他可是出了名的抠门怪!是刘总批的。"

"刘晓年！"王图南的眸心变得深邃。

张巍继续说道："今天刘总亲自来设计院开会，重点检查了实验室的研发项目和课题。宋腾飞真够意思，详细地介绍了咱们实验室的困难和阻碍。刘总了解情况后，把毕院长狠狠地批评了一顿，那叫一个痛快！毕心武愣是一句也没敢反驳。刘总还表扬了咱们的工作态度，特意把物资计划部的唐部长叫过来议事，结果一下子就把咱们实验室一年的物资计划都给特批了！"

"一年的物资计划？"王图南的眉头拧了起来。

"有这样的好事？"郭靖翻开张巍带回来的物资计划单，"第一季度、第二季度、第三季度、第四季度……天啊，真的全批了！王哥，你看看！"

王图南没动，心情复杂得说不出来话。

郭靖和张巍沉浸在巨大的满足中，张巍兴奋地说道："你们是没看到刘总批计划时的情景啊！针尖对麦芒，可刺激了！毕院长极力反对，说院长他干不下去了，刘总没惯他毛病，说现在全员竞聘，他不想干院长肯定有人能干，给毕院长气得脸都绿了，哈哈哈！"

郭靖抱着物资计划单，喜悦溢于言表："嘿嘿，管他是绿脸还是白脸，反正咱们大满贯了！这回啊，王哥一定能完成军令状！"说着，他兴奋地跳了起来。

王图南沉默地转过身，胸口闷得似乎压了一块千斤巨石。这就是宋腾飞权衡利弊的结果？他忘记了曾经的初心！王图南的心痛到极致。

这时，门外传来了嘈杂的脚步声，"刘总好"的问候话语也是此起彼伏。王图南烦躁地站了起来，只见刘晓年和宋腾飞推门走了进来。

郭靖和张巍急忙笑脸相迎："刘总好，宋主任好。"

王图南紧紧地盯着宋腾飞，目光犀利，充满质疑。宋腾飞被看得有些招架不住，白皙的脸颊上泛起了红晕。

两人无声的交流全都落在了刘晓年的眼底，他挺着灵活的肚子，微笑地说道："图南啊，课题的进展如何了？还有什么困难吗？"

王图南没回应，刘晓年的笑容僵硬地挂在脸上，像极了夏天融化的冰激凌，五官都变得模糊了。

宋腾飞回过神来，打起了圆场："刘总，图南的工作正在稳步推行，目前在测试阶段，采集到的数据值很标准。我相信有了刘总的支持，他一定能完成军令状。"说着还朝张巍眨了眨眼睛。

张巍心领神会，连连点头说："对，对，谢谢刘总的支持。"

郭靖也附和道:"感谢刘总的支持!"

刘晓年清了清嗓子,拱起肥硕的肚子,拿捏着会场上的语气:"在会上,宋腾飞向我详细地汇报了你们第一实验室的课题。自动生产线上应用的数控机床是海重的短板,难得你们在困难重重的情况下还在坚持研发。作为海重的总经理,我很惭愧啊!不过你们放心,那都是过去了,以后我会大力支持你们第一实验室,无论是团队建设、研发资金,还是人员调配,你们有困难尽管提,我都会尽量满足。好啊,海重的未来就靠你们了。"

"谢谢刘总!"郭靖和张巍激动地鼓掌。

王图南仍旧板着脸,一言未发,看得刘晓年心里不太舒服。

宋腾飞拍了拍王图南的肩膀,提醒道:"图南,刘总说以后会全力支持你的工作呢!"他压低声音:"一会儿,老地方见。"

王图南心情复杂地点了点头。

刘晓年一扫之前的不快:"不用谢我,你们好好干!"

"那是一定的!"宋腾飞替王图南表着决心。

刘晓年亲切地站在王图南和宋腾飞的中间,意蕴深长地说道:"海重最需要的就是人才!以后你们就是我的左膀右臂,前途无量,未来的海重是属于你们的!"

"海重的未来属于海重的每一个人!"王图南终于开口说

了话。

刘晓年愣住了，他想起自己刚进厂那年，师父也说过同样的话。他的眼中闪过一丝复杂的神色，步履沉重地走出了第一实验室。

阳台上的风很大，王图南和宋腾飞站得很远。寒冽的风将两人的头发吹得支棱八翘的，就像此刻两个人的心情。

王图南憋了一肚子的话，终于一吐为快："事情已经很明朗了，铸造厂的刘学海伙同下面的人常年倒卖废机床上的零件，私吞国有资产，刘晓年很有可能就是他们的保护伞。但是你没有去汇报，反而跑去告诉了刘晓年，还帮他筹谋划策，让他来设计院收买我！宋腾飞，你出卖了我，也背叛了自己的初心！"

"我没有！"宋腾飞坚持着自己的原则，"我没有出卖你，也没有背叛初心。我这么做都是为了你！"

"是为了你自己吧！"王图南懊恼地喊道。

"你别激动，听我说！"宋腾飞开始劝慰起了自己的老同学，"现在的结果不好吗？刘总亲批了你的物资计划单，你不用去拆旧零件受窝囊气，可以安心地研发、测试、采集数据，完成你的军令状，实现你的梦想。这不好吗？"

"不好！"王图南用坚定的语气说道，"你们在用手中的权力压制我，让我无法揭开那些见不得光的事！"

宋腾飞很不解："你就那么想做海重的吹哨人？你以为这件事情只有我们俩知道？我告诉你吧，这件事，董事长知道，毕院长知道，连食堂打饭的王大姐都知道！"他指向规整的厂房："全海重的人几乎都知道，就我们俩像傻子一样还当成秘密！"

"那又怎样？"王图南的情绪越来越激动，"我就是要说出去！"

"不行，你不知道内情！"宋腾飞急于解释，"这件事情非常复杂，我可以告诉你，它并不是你认为的倒卖，也不完全是黑幕，有很多问题都值得商榷。"

王图南摇摇头："宋腾飞，你变了，你变得畏缩胆小，变得圆滑世故。你处处都有自己的道理，可说到底，你就是被人洗脑了！"

"我真的是为你好！"宋腾飞急得摊手，"方是做人之本，圆是处世之道。别以为你是海重子弟就充满自信，别忘记了，你爸当年就是被人挤出海重的！海重的水太深了，你会游泳也没用，下面的水草缠着你，神出鬼没的水捞子拽着你，你只有两个选择，要么沉下去，要么飘上来！"

"哼！我都不会选，"王图南抬起高傲的头，"我会游到对岸！"

宋腾飞自卑地摇头："我没有你的志气，我不想飘起来，也不想无原则、无条件地沉下去。我要证明自身的价值！"

"你是在讨价还价，四处投机！"王图南红了眼睛。

宋腾飞不甘示弱地反驳："我这是识时务！董事长快退休了，刘总是内定的下任董事长，到时候肯定是一人兼两职，彻底结束分权的时代。现在连董事长都礼让他三分，你又何必总是和他唱反调呢？"

"原来这就是你的'识时务'！"王图南痛心地看着宋腾飞。

"那你想怎样？"宋腾飞不理解地看着王图南，"你怎么就想不明白呢？！海重现在的财务状况很差，内部不能出大乱子，海重折腾不起的！"

"我不同意你的看法，越是这种时候，海重内部越要一片清明！要是像你这么放任和纵容，海重才真的要出乱子呢！"王图南说得郑重其事。

宋腾飞急了："就你正义！就你站在道德制高点！你是海重的功臣，我们都是小人！王图南，你太自以为是了！我说过这件事真的很复杂，并非纯粹的倒卖。我们认识这么多年，你怎么就不相信我呢？我真是为你好啊！"

| 奋进者

"世上最自以为是的话就是为你好!你所谓的好,我不想要,而我所期盼的好,你也给不了!"王图南的话说得壮怀激烈,随后便决然地扬长而去。

宋腾飞懊恼地撸起袖子,气哼哼地嚷道:"王图南,你要闯大祸了!"

第六章

暴风骤雨的前夜

"改革"两个字,说起来容易,实施下去却太难了!谁不想披荆斩棘?谁不想大刀阔斧?可这些都需要果决的勇气和时间的沉淀。

18

海重的大会小会太多了，其中有些会没必要开，有些会可开可不开，有些会则是雷打不动必须要开，就比如每周一集团的班子碰头会，各分厂每周二的生产会、周五的安全会、月末的总结月，等等。这些都是保障海重日常基本运营的会议，会上讨论的事情也是正经的大事，尤其是集团的班子碰头会，通常直接决定了海重的命运走向，是海重的头部会议。

此刻，傅觉民坐在会议室的主位上，刘晓年坐在他左侧，毕心武坐在他右侧，其他六个副总分别坐在相应的位置上。宋腾飞代表调整小组成员正在汇报阶段性的工作成果和接下来的工作计划，他的嗓音洪亮有力，带着满满的自信。刘晓年安静地喝着茶水，用余光瞄着脸色严肃的傅觉民。

| 奋进者

二十多年了，傅觉民还是那身打扮，一套海重的工作服，胸前戴着闪亮的厂徽。这是他多年的习惯，用他的话说这代表着："要时刻把党和海重装在心里。"哼，就他境界高，格调高，别人不说，难道就不是时刻把党、把海重装在心里了？

只要一提起海重，人人都立刻想到的是掌舵人傅觉民——是他带领着海重走出泥潭，是他引导着海重再创辉煌，他是海重的救世主，就仿佛一切都是傅觉民一个人的功劳。从来没人提过他刘晓年，他也不容易啊！他给傅觉民顶了多少次雷啊！傅觉民唱红脸，他唱白脸，傅觉民在台上为海重呐喊，他在台下为海重奔波，他也没少为海重付出啊！现在倒好，好事全是傅觉民一个人的，没人记得他，只能说位置实在是太重要了！

刘晓年又瞄向对面打哈欠的毕心武。"咳咳……"毕心武恰到好处地咳了几声，刘晓年收回了眼神。会议室的气氛变得十分微妙。

傅觉民一直保持着挺拔的坐姿，认真听着宋腾飞的报告，但是刘晓年的心思和眼神也全部落在他的眼底。有些人太着急了，忘记了自己的身份，他还没有卸任海重集团的董事长呢，有些人就按耐不住地打起了自己的小算盘了。这到底是人之常情呢，还是急功近利呢？傅觉民的眼底仿佛铺满了尖锐的荆棘，痛在无人知晓的角落里。

第六章 | 暴风骤雨的前夜 |

这时,宋腾飞结束了汇报,礼貌地朝傅觉民和刘晓年的方向鞠了个躬:"谢谢领导!"

"好!"刘晓年拍手叫好,其他人谁也没动。那突兀的声音和肃穆的气氛格格不入,宋腾飞略显尴尬。毕心武故意翻着白眼,打了个哈欠。

刘晓年把球扔了出去:"董事长说几句吧。"

傅觉民双手伏在会议桌上,语重心长地开了口:"宋主任的工作汇报很细致,很用心!集团组织架构的调整和职工的岗位变动是大事,是海重的基石,不能有一丁点马虎和失误,这关系到海重未来的发展。刚才提到的成立运营保障事业部,我觉得值得讨论,大家都说说想法。"

傅觉民一向民主,海重的班子会上谁都有发言的权利。毕心武心直口快地说道:"我觉得这就是在增加集团的运营成本。""不可能!"刘晓年冷笑着反驳,"成立运营保障事业部,整合运营和后勤保障的工作范畴,能大大提高工作效率,节约运营成本。"

"怎么节约?后勤保障一直归属二级单位,如果成立了事业部,变成了一级单位,相当于升级为分公司,那么它是否能独立运营、自负盈亏?如果能,那肯定是好事。但如果不能,那它的运营成本就只能靠其他盈利的分公司承担或者靠集团拨款，这样一来，等到核算时又会变成一笔糊涂账。"毕心武的情绪很激动。

"改革的初衷是越改越好，不是……"他的话说了半截，咽了下去。明眼人都知道，将一个部门提升到分公司的级别，会有多少人受益，又会增加多少个领导岗位？这其中的猫腻，在座的人谁不清楚呢？

刘晓年摆摆手："不是什么啊？老毕啊，你糊涂了。那天我去设计院调研，你们设计院没有一个能拿得出手的项目，我就纳闷儿了，给你们拨那么多款，你干什么了？集团还要提前预支设计院全年的奖金，那笔钱我拦下来了，一部分转给了设备厂家，一部分还了银行贷款。"

"什么！"毕心武拍案而起，傅觉民的脸色暗沉，其他几位老总的眼神闪烁不定。

毕心武质问："刘晓年，谁允许你这么做的？"

刘晓年满不在乎地说道："我是集团的总经理，主抓运营和市场，当然有合理分配资金的权利！这些钱也没有揣进我个人的腰包，都用来还债了。海重的负债率太高了，欠款那么多，再不还银行贷款，再不给设备厂家结款，人家会把咱们告上法庭的。"

"告上法庭有法务部和律师负责解决，你不能私自否定班子会上的决定。"傅觉民将班子两个字咬得极重。

刘晓年笑了："董事长，您也糊涂了，当时这个决定在班子会上我就没举手。"

"你！"傅觉民的眼神变得凌厉。

毕心武气不过地说道："太没纪律性和原则性了！班子会上的决定是少数服从多数！你当班子会是什么？太过分了！"

"我就是少数服从多数！"刘晓年从文件夹里抽出了一份签字的决议，在傅觉民和毕心武面前展开，"我们班子成员九人，弃权三人，签字同意的只有董事长和老毕，我、罗总、张总、赵总都签的不同意。"

"怎么可能？"毕心武惊讶地抢过决议单，认认真真地看了两遍，的确如刘晓年所说，两个同意，四个不同意，三个弃权。

傅觉民质疑地看向其他三个投了反对票的领导，他们是原二机床的总经理罗文茂，原兴华重型机械制造厂的总经理张洪亮和原摇臂钻床厂的总经理赵行远。

罗文茂和张洪亮都没说话，赵行远用他一贯的大嗓门说道："这个决议我本来也不太同意，回去考虑了一下，觉得不可行，非常不可行！海重的各个分厂都不容易，为什么给设计院提前预支全年奖金？设计院去年给海重创收了？没有啊！创收的是我们臂摇！如果我同意了这项决议，那我的同事质问我，我咋回答？咱们要不偏不正，一碗水端平！"

"老赵说得对，我也是这么想的。"罗文茂随声附和，张洪亮连连点头。

刘晓年的脸上露出了满意的笑容。

毕心武则是心情沉重，无助地看向脸色阴沉的傅觉民。

傅觉民缓缓坐下，后背挺拔得像一座山。他的确没有料到刘晓年会在背后搞事情，也没有想到罗文茂他们会在这件事上如此坚决的反对。是自己太着急了！海重表面上的荣光快耗尽了，劣势已经露出了苗头。一方面产品升级换代跟不上去，另一方面负债率持续走高，他必须在临走前，给海重留出更多自救的时间和机会。

设计院是海重的心脏，那里集合了海重最优秀的研发工程师，是海重未来的希望。更重要的是，以他的经验，一旦海重的资金链出现问题，不能及时给职工开工资发奖金，设计院将会第一个出现集体出走的局面！他在海重工作了三十多年，走过了大风大浪，趟过了大江大河，深知防患于未然比解决困难更重要。

"刘总！"傅觉民紧皱眉头，"在这件事上我保留意见。是的，今年海重的财务压力特别大，市场趋于饱和，销量锐减。

而且前年和去年的产品又涉及工作量巨大的售后服务,所以今年的日子会很艰难。大家都心里有数,准备过紧日子吧。"

会议室里鸦雀无声。几个副总各怀心事,表情不一。毕心武满脸愁容,刚从银行取了一笔巨款,还没捂热乎就飞了,实在是沮丧得很。宋腾飞坐在末位,面对如此复杂又紧张的局面,显然他还太过稚嫩,一时难以适应。倒是刘晓年最为轻松,他倚在椅子上,肥大的肚子填满了椅子和会议桌之间的缝隙。没人知道下一秒会发生什么,大家都在等傅觉民的表态。

傅觉民的脸色缓和了下来,温暖的光落在他的身上,那宽厚的脊背依旧坚挺。他语调略带沙哑地说:"我觉得这件事……"

忽然,门外传来一阵急促的声音:"王工,董事长真的在开会!你不能进去!"

"我知道在开会!"王图南的语气坚定有力。

"可是……"

阻拦的话还没说完,会议室的门已经开了,王图南抱着一个小纸箱站在门口。

刘晓年和宋腾飞的脸色有些不自然。宋腾飞尤为激动地站了起来:"图南,你来做什么?"

王图南没理他,直接把小纸箱放在会议桌上,发出一声沉重的闷响。

刘晓年收起了笑容，脸色阴沉不定。

傅觉民和毕心武会意地看着对方，眼底的光不动声色地亮了起来。毕心武说道："王图南，这是集团的班子会，你来干什么？赶紧回去。"

王图南沉着地应道："我知道这是集团最高级别的会议，在座的各位都是海重的高级领导层，所以，我是来检举揭发的！"

一句检举揭发，惊了在场的所有人。

"王图南！"宋腾飞躁动地喊他的名字。

王图南不为所动，反而认真地重复一遍："我是来检举揭发的！"

刘晓年重拍桌子："什么检举揭发？这里是海重，不是检察院，你起什么幺蛾子！"

"根据海重的行为准则手册，每个职工都有检举揭发的权利！"王图南显然是有备而来，"我今天的所作所为都符合海重的厂规。"

"你想检举揭发谁？"傅觉民一锤定音。

"我要检举揭发铸造分厂的总经理，刘学海。"王图南看向脸色阴暗的刘晓年，继续说道，"他伙同废料仓库的主任张伯军，一车间的装配工于大宝、王宝顺、刘明洋，还有保安队长魏铁军等人，常年拆卖废机床上的配件谋利！"

他铿锵有力的话语就像是一股来自西伯利亚的寒流,使办公室的温度骤降到零下几十度,冻住了所有应该想和不该想的心思。

刘晓年的情绪最为激动,他咬牙切齿地说道:"王图南,你不要血口喷人!你亲眼看到刘学海干这些事了?"

王图南梗起脖子,没说话。

傅觉民表情严肃地说道:"王图南是技术出身,最为严谨,他不会平白无故冤枉人的。"他看向王图南,"继续说,到底是怎么回事?"

王图南拿出手机,打开了那段在废料仓库偷偷录下的视频。不过视频非常模糊,只能看到一些旧机床和木箱的轮廓。他指着其中一张相对清晰的图片说道:"这是我在废料仓库偷偷录的,配件已经卸下装箱,准备运走了。"

"这不是滑板吗?"赵行远眯着眼睛。

"这好像是排削器!"罗文茂戴上了老花镜。

傅觉民沉默无语,唇角抿得发白。

刘晓年冷笑道:"这怎么证明是废料仓库啊?也有可能是你在其他地方录的。谁能证明这段视频是真的?"他瞄了一眼脸色惨白的宋腾飞。

宋腾飞低下头,掩饰着自己的惊慌失措。

| 奋进者

王图南径直说道:"那天晚上只有我一个人去的废料仓库,的确没人能证明,但是我还有证据!"

证据?宋腾飞抬起头,眼睛瞪得溜圆。

傅觉民沉稳地开了口:"拿出来。"

王图南打开小纸箱,小心翼翼地拿出夏山川留给他的十六本泛黄的工作日记。"我要讲个故事,故事很长,主人公是个病退的精神病人,他叫夏山川!"王图南刻意咬重了这三个字。

刘晓年的脸渐渐绷紧,身子却在缓缓地松弛,他靠在椅子上,肚子和会议桌之间的间隙越来越大。他有多久没听过夏山川这个名字了?他对他不薄啊,没想到老家伙还是留了一手。记忆的潮水毫无防备地涌来,那些曾经淹没在礁石之下的人和事在王图南的描述中正一点点地浮出水面……

"这是夏山川留下的日记,一共十六本,时间跨度是从1999年到2010年。1999年在老厂,夏山川发现刘学海等人倒卖配件,到总厂揭发。当时厂子在重组的重要阶段,管理混乱,他的举报没人受理。后来,他假意加入了刘学海的小团伙,暗地里进行调查,终于彻底弄清楚了他们的倒卖链条。"

王图南放下泛黄的信纸,认真地说道:"工段上的废品率持续上升,工人装废的机床越多,他们倒卖就越多。夏山川作为一名工段上的老师傅,利用工作之便把这些年故意装废的机床数量、型号都详细记录下来了。在厂子搬迁的前夕,夏山川想找个机会再去揭发,但被身边的工友发现,被污蔑成了大家眼里的精神病人。他说的话没人信,还被当做精神病人被劝退了。这些就是他留下的十六本工作日记,也是十六本证据!"

傅觉民沉着脸,拿起其中一本翻了起来,脸色愈发的阴沉。

王图南继续说道:"夏山川被劝退回家之后,还是坚持每天来上班,又陆陆续续地记了一些。"

傅觉民一言不发地翻看着日记,毕心武、罗文茂等人也看了起来。唯独刘晓年重重地喘着气,宽宽的额头似乎长出了顶人的牛犄角,随时想顶倒惹人生厌的王图南。但是他稳定了心神,拿出手机发出了一段简短的信息……

会议室陷入了暴风雨前夜的死寂。

宋腾飞忐忑地瞄着董事长,心情非常复杂,有说不出的紧张和惭愧。此刻,王图南就站在自己的身边,他却觉得两人离得那么远。两人明明差不多的身高,他却觉得自己这般渺小。他们之间仿佛隔着世上最深的马里亚纳海沟,王图南在海面,而他却在谷底。尤其是在和王图南对视的那一瞬间,对方的眼神里分明是带着痛惜和诀别。难道他错了吗?他真的做错了吗?

"哎哟,这可是一大笔钱啊!"罗文茂沙哑的声音打破了室内的寂静。

"刘总怎么看?"毕心武故意递过去一本绿皮的工作日记。

刘晓年推开日记本,径直站了起来,严肃地说道:"清者自清!"

"哦?"傅觉民面露难色。

毕心武用殷切的目光望着他:"董事长,这事必须彻查到底!"

傅觉民看向其他人:"你们觉得呢?"

罗文茂、张洪亮、赵行远都是趟过大风大浪的老同志,关键时刻不糊涂。张洪亮沉稳地说道:"这件事情涉及的人太多,时间也久远,我建议先在厂内自查。大家都把手头儿上的事情放一放,尤其是调整小组的工作先暂停,不能忙中添乱。"

"我同意张总的建议。"赵行远点点头。

"我也同意!"罗文茂和另外一位副总同时举手。

"好!"傅觉民用坚定的口吻说,"这件事涉及国有资产的安全,必须一查到底!"

"太好了!"毕心武终于松了口气。

王图南的眼底泛起了光芒。

赵行远一贯谨慎,他问道:"董事长,厂内都知道刘学海是刘总的侄子,那刘总是不是要回避?"

"当然要回避！一切按照程序办。"

"那就暂时委屈刘总了。"赵行远放缓了语速。

刘晓年看着王图南，说了三个字："有前途！"

王图南挺直了腰板，眼睛都没眨一下。

这时，门外又传来一阵喊声："让我进去！我要检举揭发王图南！"

王图南愣住了。

刘晓年眯着眼，眼角的纹络愈发的清晰。

"董事长——"办公室主任李玉琢哭丧着脸说道，"我拦不住……"

"为什么拦俺们？俺们要检举揭发王图南！"张伯军扯着嗓子满走廊地大喊。

傅觉民摊开手，语重心长地说道："这是每名职工的权利，让他们都进来。"

"好！"李玉琢推开了门。

废料仓库的主任张伯军和保管员小荆走了进来。张伯军啪的一声把圆形钥匙盘放在会议桌上："董事长，我这个仓库主任不称职，您撤了我吧。"

"还有我……"小荆的声音比蚊子还小。

"好好说话！"毕心武急躁地摆手，"你们来添什么乱！"

| 奋进者

"哎——"刘晓年挑起眉毛,"张主任怎么是来添乱的呢?再说,就算是添乱,又不止他一个!"他刻意地瞄了一眼面无表情的王图南。

王图南耿直地看向张伯军:"张主任是要检举揭发我吗?"

"对,就是你小子!"张伯军拉扯小荆,"小荆,你说。"

小荆胆怯地瞄了一圈,没敢说话。

张伯军从身后捅了他一下:"完蛋玩意儿,来的时候咋教你的?"

"我,我……"小荆鼓起勇气,清清嗓子,"我要检举王图南,他来废料仓库偷、偷东西!"

偷东西?王图南震惊地看着小荆,他偷什么了?

傅觉民皱起眉头,看来他还是轻视了刘晓年。

刘晓年来了精神,四平八稳地坐下来:"你别紧张,详细说说,怎么回事?"

小荆瘪了瘪嘴,背起了课文:"前几天,王图南来咱们废料仓库碰了钉子,他就晚上偷偷来,盗取配件,还反咬一口。咱们虽然没文化,但是他也不能欺负工人阶级啊!"

"对,知识分子不能欺负工人阶级!"张伯军直接上纲上线。

傅觉民的脸色越来越差。

毕心武急了:"知识分子怎么了?都是劳动人民的儿子,别破坏团结。"

"破坏团结的是他！"张伯军狠狠地瞪着王图南。

"我没有盗取配件！"王图南一脸坦然。

"不承认啊？我有证据！废料仓库常年不上锁，门上别着一根撬棍。那晚值班的大成感冒了，迷迷糊糊地看到一个人影，他也不敢确定是谁，但是他在仓库里找到了这个！"

张伯军示意小荆，愣神的小荆慌乱地从口袋里取出一个工作牌，上面是一张青涩、坚定、又透着倔强的年轻面孔，并且赫然印着王图南的名字。

"这是大成在仓库里捡的。王图南，你还有什么可说的？"张伯军举起了工作牌。

王图南习惯性地去摸工作棉服，发现工作牌真的不见了。是什么时候丢的？在哪里丢的？他仔细回忆着最后一次戴工作牌的情形，可实在是想不起来了。

张伯军故意大喊："请领导明察秋毫，抓住偷油吃的耗子！"

"我再说一遍，我没有盗取配件！"王图南坚决地重复。

宋腾飞没吭声，双颊烫得厉害，他很想像王图南一样勇敢地站出来，告诉大家：他证明，王图南是冤枉的。他犹豫地张合着焦躁的唇，呼吸变得异常的沉重，但最终他还是退缩了……

刘晓年拉伸着他特有的语调:"董事长,您看——"

傅觉民安稳地靠在椅子上,用老鹰般的眼神看向王图南:"你去过废料仓库吗?"

"我去过。"王图南详细地解释了起来,"我拿着审批单去过废料仓库,张主任不按规定办事,不让我进仓库,为此我们还起过争执。我实在没有办法,只能偷偷去看看,再整理成文件,让郭靖和张巍去办手续!"

"啥审批单?我根本没看过审批单。"张伯军耍起了无赖,"小荆,你看过审批单吗?"

"没有!"小荆的态度很坚决,"我没收到过任何审批单。"

"怎么可能,我给你看过,就是……"王图南说了一半停住了,会议桌上的工作牌扎着他的眼睛。他们是有备而来的,这是一盘很大的棋,每个节点和证据都拿捏得恰到好处,既然是对付他,又何必卷进更多的人?

王图南不再澄清解释,毕心武不由得偷瞄了一眼傅觉民。

傅觉民的脸色平静而又严峻:"今天的事情,我来表个态。王图南举报的事要一查到底,绝不含糊。但是王图南私自进入废料仓库的事也要查起来,在事情调查清楚之前,暂停他在设计院的工作,先跟着一车间的工人倒班吧。年轻人,技多不压身,多在基层锻炼锻炼也是会有收获的。"

"这……"毕心武既怕打击了王图南的积极性,又担心好不容易开始的棋局草草收场。他真是左右为难,脸色都变了。

"为什么?我是被冤枉的!"王图南一肚子的苦水,做梦也没想到傅觉民会停他的职。

张伯军喜上眉梢,嘴都快咧到耳根了:"董事长英明!"

"回去做好本职工作,你也要接受调查!"傅觉民阴沉着脸。

"是!"张伯军做出立正的姿势,但语气也明显弱了许多。

王图南心底的火苗缩成一团,渐渐地变小、变小。

就这样,一场别开生面的早会,在刘晓年爽朗的笑声里结束。众人走后,刘晓年一个人斜着身子靠在椅子上,整个人终于松懈了下来……

· 19 ·

时间过得真快!王图南在一车间倒班小半年了,把光秃秃的柳条熬成了绿意盈盈的万丝绦,他也自嘲说是和柳条一同成长起来的。

现在,"王图南"三个字就是海重的笑话,更是职工们茶余饭后的消遣谈资。人人都笑他偷鸡不成蚀把米,真是个傻子。可王图南却在一车间却过得自由自在，吴辽真是佩服他这种坦然自若的心态。

起初，于大宝那些人故意找碴儿，欺负王图南，好在有赵大鹏护着，吴辽帮着，他也没受什么委屈。后来赵大鹏安排他和吴辽一组工作，两人本就是好朋友，一起工作更是得心应手，安装工序又快又好。王图南在吴辽的指导下，装配手艺见长，还考取了钳工证。吴辽时常为他抱不平，总是劝他去找毕心武说情。王图南推脱着不去，因为他的心思在另外的事情上。

"王哥，你到底想啥呢？海重的研究生在这里装序，真是资源浪费！"吴辽把工具箱放在休息室的长椅上。

王图南翻了翻挂在墙上的工时表，满意地说道："这个月的废品率很低，几乎没有装废的机床。于大宝这组的绩效最高，他们干的活儿最多。"

"这不稀奇啊！在技校的时候，于大宝是我师兄，那时他的手艺就已经非常好了，装配的速度比老师还快。他爷爷当年是咱厂的装配大拿，十八罗汉之一。他父亲拿过生产标兵，总之啊，于家人都是装配的好手。"吴辽摇晃着扳子，"咋的，你还想拜他为师啊？哈哈，没用！你就是整个什么立雪也没用！你断了人家的财路，人家正恨你恨得牙痒痒呢！"

王图南在心里打起算盘，嘀咕道："其实按照他的绩效，工资至少应该有四千多。"

"那是这个月的生产任务多，所以工资高，平时的话也就两千出头。他也不容易，父母身体不好，常年住院，都指着他一个人挣钱。你别看他平时横，其实在家里特别孝顺，是家属院出名的孝子。而且呀……"吴辽左右瞄了瞄，压低声音，"他从前的搭档王宝顺心眼子多。王宝顺拍老虎机，四处借钱，媳妇也跟人跑了。没看这段时间不来了吗？听说是被拘留了。"

"这么说于大宝没参与倒卖配件的事？"王图南的眼神深了几分。难道他冤枉好人了？

"这个不好说，或许小胳膊拧不过大腿呢？"吴辽挤弄着眉眼。

"那你是怎么坚持原则的？"王图南好奇地问。

"我啊，"吴辽骄傲地仰起头，"我是拆二代啊！"

王图南一阵苦笑。

说到底还是一个"钱"字，吴辽不差钱，其他人就不行了。于大宝的父母常年卧床，赵大鹏供了两个大学生，刘明洋家是外地的，需要买房子结婚……每个人都在努力过好自己的生活，多劳多得的道理谁都懂，可是有时候，勤劳未必能致富。工时费实在是太低了，工人三番五次地找领导反映情况，得到的回复永远都是开会研究，从长计议，谁不寒心呢？推行了几十年的分配制度改革,始终走走停停,徘徊不定,贯彻到实处更是难上加难。"改革"两个字,说起来容易,实施下去却太难了!谁不想披荆斩棘?谁不想大刀阔斧?可这些都需要果决的勇气和时间的沉淀。

王图南默默地从工具包里拿出磨掉角的笔记本,细心地写下两行字。

吴辽大大咧咧地摆手:"王哥啊,你别整那些没用的安全生产条例了!受益的都是赵大鹏和那些不干活的领导,他们上厂报,受表扬,得奖金,受苦挨累的却是你。关键是他们还不说你好,你身上依旧背着调查,里外不讨好。"

王图南没说话,他从不计较所谓的荣誉得失。他在一车间工作的这三个多月,发现工段上执行的安全生产条例还是上个世纪的,很多工作流程也不太规范。于是他利用工作之余起草了一份新的安全生产条例,算是意外收获吧。除此之外,他还重新整理了工作流程规范,确保每道工序条理清晰。这个周末,他打算回海大一趟,征求一下自己导师的意见。要做就做到尽善尽美,这是海重人严谨的工作态度。

王图南又在凌乱的笔记本上写下几行小字。

吴辽有些急了:"王哥,这都是吃力不讨好的活,有这个工夫,你去找董事长认个错,找毕心武表个决心,何必在车间受累呢？"

"车间不累啊！"王图南抬起头，"我学了不少真本事。"

吴辽白了他一眼："不累？这大厂房是宽敞，可是有设计院的大楼亮堂吗？冬天冷，夏天热，春秋漏风。你跟着我三班倒，我还能休息，你有吗？你在设计院和车间白连夜地上班，你真是以厂为家了！看看，你这工作服肥了多少？"

"没觉得呀，"王图南扯了扯浸着机油味的衣襟，"我的工作关系还在设计院，我当然要两边上班了。"

"是啊，估计那赵大鹏睡觉都能乐蒙圈了。"吴辽气不过地数落道，"你给车间干活，工资设计院给开，他啥也没付出，躺着上了厂报，评了先进，还涨了奖金。二车间、三车间那帮人嫉妒得眼睛都红了，都眼巴巴地等着你再犯次错误，给发配过去，他们好占便宜呢！"

"我没犯错误！"王图南停笔，心里的那根刺依旧在隐隐作痛。

吴辽翻起了白眼："你知道吗？以前，'王图南'三个字是笑话，现在是傻子的代名词。王哥，你再努力点，兴许还能冒出个新含义来。"

"我不在乎这些，我在乎的是……"王图南皱起了眉。废料仓库的事情已经过去半年了，一直没人找他了解情况，也没见到有人来调查过。这件事就像是一颗深埋在水下的鱼雷，无影无踪，但是随时都可能掀起轩然大波，倾覆一艘巨轮。

"你在乎的是那个！"吴辽指向生产线上待装的机床，"我私底下找于大宝那些人打听了，他们的嘴都可紧了，谁也不说，但是废料仓库那边的变动确实挺大的。"

"变动？"王图南有些疑惑。

"张伯军和小荆都走了，听说去后勤保障室打杂了，具体咋回事，咱也不知道。门口保安全换了，那些正式的老职工都提前办理退休了。还有就是大小刘总……"吴辽突然停下来，露出了尴尬的笑容，"刘总……刘总好！"

只见刘晓年挺着肚子，迈着方步，晃晃悠悠地走进了休息室。

王图南警觉地站了起来，这是半年来他第一次见到刘晓年。

刘晓年的头发乌黑油亮，散发着染发剂的味道。眼眶深了，肚子也小了不少，整个人显得蛮精神的。

王图南礼貌地道了一句："刘总。"

刘晓年左右瞄了一圈，最后把目光落在王图南的身上："干得不错！"

王图南安静地回应："既来之，则安之！"

"词不错！"刘晓年笑呵呵地坐在长椅上，语带讥诮地说道，"王图南，废料仓库的事情调查清楚了，已经告一段落了。

清者自清，我还是海重的总经理。"

"这是好事！"王图南松了一口气。

其实，那天在会议室掀开底牌之后，宋腾飞将他堵在了天台，详细解释了他了解到的废料仓库的事情。

分拆零件是在特定的历史时期开始的。那时的大环境不好，企业濒临破产，铸造分厂八个多月开不出工资，总厂也没钱，上万号的职工嗷嗷待哺，日子属实不好过。当时担任炉料主任的刘学海脑子活，胆子大，他提出把那些堆积的废机床切割、拆卸，零零散散地卖，这样总比当成废铁回炉炼钢挣钱。

就是靠着这样一点点地拆卸、零卖，才熬过了最困难的时期，保住了铸造分厂，甚至后来还反哺了总厂一年多。总厂的班子成员都知道这件事，他们默契地不反对，也不赞同，毕竟大家都是为了海重能活下去。

再后来，政策好了，老国企复苏，走出了困境，铸造分厂也打起了自己的小算盘。但是这笔钱并没有装进刘学海个人的腰包，而是进了分厂的"小金库"。其实各个分厂设立"小金库"是海重公开的秘密，总厂有苦水，分厂更是鼻涕眼泪一大把，都觉得自己委屈。

在搬迁前夕，有人提出仔细查一查铸造分厂的账。可是其中的乱事太多，涉及的人多，年头又长，就是一笔糊涂账，最终被刘晓年压下了。

宋腾飞苦口婆心一番劝说,令王图南知道了许多鲜为人知的内幕消息。但也正是在那天,两个好兄弟最终不欢而散。

"的确是好事!"刘晓年莫名的感慨道。

他之前常年失眠,睡眠质量很差,甚至夜里做梦想的都是工作。其中铸造分厂的事就像一块巨石一样,始终压在他的胸口,他想解决,却找不到适合的契机。而且侄子也大了,很多事不听他的,他也很苦恼。他只能等,小心翼翼地等,提心吊胆地等。而现在,他在内心深处感谢王图南,是王图南替他移走了胸口的巨石,让他睡上了安稳觉。

王图南挺直腰板,倔强地说道:"刘总,午休时间结束了,我要去干活了。"

刘晓年站起来拍了拍王图南的肩膀,说出了久违的话:"有前途!"

就在王图南沉默的瞬间,刘晓年已经走远。

吴辽叹了口气:"你算是把刘总得罪到家了!"

"只要海重好,我啥也不怕!"王图南拎起了工具包,"走吧,干活去!"

"干活!"吴辽不甘心地跺脚。

忽然,郭靖和张巍不知道从什么地方窜了出来,分别拉住了王图南和吴辽。

"重大消息，重大消息！"郭靖扬起一张盖红戳的公告念道，"集团下发了关于废料仓库存在重大漏洞的问题通告。"

王图南没有丝毫的兴奋，他刚刚已经在刘晓年的到访中预见到了通告的结果。

"赶紧念！"吴辽催促道。

郭靖展开公告，一个字一个字地念道："鉴于王图南、张伯军等人反映的关于废料仓库的问题，公司成立了调查小组。本着公平、公正、公开的原则，经过缜密、细致……"

"哎呀，别念废话！算了，我自己来吧。"吴辽着急地抢过去，大声读道，"该问题已经调查清楚，铸造分厂总经理刘学海向董事长傅觉民直接汇报了铸造分厂自1997年到2010年的炉料分配和财务问题，并将全部利润上交集团。集团鉴于刘学海诚恳的态度，拟任为集团后勤保障室主任，并不再担任铸造分厂总经理……"

下面是一长串的人员调整名单，吴辽仔细地看了两遍，长舒了一口气："没有于大宝，也没有王哥！"

王图南懊恼地说道："我冤枉好人了，有机会我得找于大宝道歉！"

"他才不在乎呢，这都是小事！"吴辽不解地挠头，"哎呀，小刘总变主任了,还是管后勤保障的主任!"

"降职处分呗!"张巍一脸坏笑。

"这也是在保护他!"王图南瞄了一眼公告,最后一行是对他不赏不罚的处理结果。

郭靖嘟囔着抱怨道:"为什么不让王哥回实验室呀?"

"是啊,王哥又没犯错误!"张巍附和。

吴辽笑道:"你们懂啥,写在公告上的都是实打实的落地政策,之前根本没写让王哥调到一车间上班,所以他来一车间锻炼就是董事长的口头批评,他的工作岗位还是你们设计院的工程师。放心吧,他早晚能回设计院,就看……"

"就看董事长的心情了!"张巍连忙补充。

"对喽!"吴辽的心里乐开了花。其实这些天他一直替王图南捏把汗,这回终于踏实了。

王图南怎能不懂吴辽的心思,他发自肺腑地说道:"谢谢你,吴辽!"

"都是兄弟嘛!"吴辽心里暖暖的。

郭靖压低了嗓子说道:"听说了吗?刘总主推的组织构架改革现在由董事长挂帅,估计整个调整小组都要重新换人呢。"

"那下个月的竞聘会还开不开?"张巍好奇地问。

"谁知道董事长的葫芦里卖的什么药!"郭靖用欢快的语

气说，"王哥没事就行。"

王图南沉默地走到工作台前，开始在导轨上安装滑块。他不在乎自己是否有事，他只在乎海重的未来。

"王图南，快看快看，喜事临门呢！"保管员王默挥舞着公告跑了过来。

吴辽的眼睛顿时亮了，郭靖连忙收起公告，小声嘀咕："唉呀妈呀，蓝精灵姑奶奶来了！张巍，咱俩赶紧撤！"

"必须的！"张巍朝王图南挥手，"王哥，晚上七点来采集数据！"王图南点了点头。郭靖、张巍快步走出了车间。

"哎，别走，分享一下你们领导的喜事。"王默扯着大嗓门子喊道，那俩人头都没回，一溜烟地跑了。

"真不尊重领导！"王默不高兴地翻着白眼。她今天的眼皮竟然是粉红色的，害得没见过世面的吴辽偷瞄了好几眼。

王默努努嘴："真扫兴！"

"你来、来了……"吴辽尴尬地咧嘴傻笑。不知道从什么时候开始，王默成了他的克星，在王默面前，他连句完整的话都不会说了。

"我不是领导。"王图南先开了口。

王默递过公告："你当领导是早晚的事儿。快看，你上公告了。"

王图南没接:"谢谢,我都知道了。"

自从他到一车间工作,王默三天两头地过来看他,不是送出货单,就是找他签字,实在是一件愁人的事情。王图南知道吴辽喜欢王默,便多次鼓励他向王默表白,可是吴辽不敢,今天,他要再帮他一次!

王图南放下工具,看着吴辽:"你最近在哪儿住呢?"

"海山站啊!"吴辽狠困惑,"我不是告诉你了嘛,我上周搬新家了,海山站后面。"

"对,改天去你家燎锅底。"王图南故意大声说道,"万润的房子可不便宜啊!你一出手就买了三室两厅两卫,关键还没贷款,你是中彩票了吗?"

吴辽更懵了:"我跟你说过的啊!我爸的房子动迁了,是用动迁款买的。"

"动迁?"对钱超级敏感的王默翻着粉红色的眼皮,生出几分惊讶和俏皮。

"对,吴辽家去年就动迁了,我还以为你知道呢。"王图南若无其事地说道。

吴辽缓了一会儿,依然觉得有点糊涂。

王默的情绪变得很激动,数落道:"吴辽,你行啊!这么大的事儿,咋不告诉我呢?咋的,有钱就不认人了?"

"没有，绝对没有！"吴辽委屈地摇头，"我哪敢啊……"

"量你也不敢！"王默扬起小脸，"咱们是多少年的老邻居了，小时候打架，你从来没赢过我，嘿嘿，现在有钱了，可不能忘了旧友啊。"

"对，对，你说得都对！"吴辽爱慕地看着王默。

"那你家动迁，给了多少钱？"王默满脸财迷地问。

王图南不禁苦笑，这才是真正的王默，三句话离不开钱字。

吴辽早已习惯了王默的风格，老实地回道："给了一套两居室的房子，还给了一些现金补偿。"

"那是多少啊？"王默亢奋地拽着吴辽的胳膊，直勾勾地追问道，"我家那里能动迁吗？"

吴辽的脸红了，随之而来的是一阵麻麻酥酥的战栗。

王图南满意地收起工具转身离去，这时他的电话响了。

"图南，我是王欣宇。告诉你一个好消息，一个坏消息……"

· 20 ·

周末，阳光很暖，闪亮的光照着整座城，仿佛给这座英雄之城穿上了攻无不克的金色战衣。李甜甜和王图南相约逛公园。两人走在寂静的绿茵小路，李甜甜安慰着王图南："怎么样,王工?技能大赛要得金牌了吧。"

王图南摸着粗粝的掌心:"嗯,的确是种子选手。"

"哈哈……"李甜甜递过一瓶纯净水,王图南咕咚咕咚地喝了一大口。李甜甜试探地问道:"真的不见宋腾飞和郭美娜了?"

王图南叹了口气,满肚子的话噎了回去,又喝一口水:"他也不想见我。"

"或许他有苦衷。"李甜甜想到闺蜜间的悄悄话,"人总是要生活的。"

"所以,我祝福他。"王图南轻声地说,心里却不是滋味。他从来都是坦荡磊落的人,第一次发现自己也有言不由衷的时候。

那又能怎样呢?假设,他是宋腾飞,一定做得很差。从根儿上讲,他们是两个不同体系的人。

理想再远大,也要回归现实。星辰大海再美,也是需要门票的。他没错,宋腾飞也没错。

"去那边走走……"王图南指向公园深处,"以前,那里有个石头的大象滑梯,大象鼻子就是滑道,特别高。"

"是吗?"李甜甜顺眼看去,"小时候,我最爱坐滑梯了,不过……有人在等我们。"

王图南一愣，宋腾飞和郭美娜从码头的方向走过来。李甜甜小声说："偶遇哈。"

王图南沉默地看着疲惫的宋腾飞，那张充满朝气的脸上看不到一丝笑意，冷冷看去，竟让人生出几分痛惜。

"腾飞，你……"王图南忍不住地先开了口，"又通宵了？"

"是啊。"宋腾飞揉着黑眼圈。

郭美娜抱怨道："天天喝大酒，有时候吐的不省人事，这哪里是工作，简直是拼命。"

"嘘——"李甜甜朝郭美娜递过眼色，两人走到一旁。

安静的湖边只剩下王图南和宋腾飞两个人，王图南心疼地将手中的纯净水递过去，这是兄弟间最日常的操作。

宋腾飞喝得干干净净，顺手甩动空瓶子，伸个懒腰："自己选的，牙掉了，也得吞下去。"

"不会的，你是聪明人。"王图南避开了从前的矛盾，坦诚地说道，"你是对的，我也没错，毕竟我们都是为了海重好。"

"你是为海重好，我是为自己好。"宋腾飞不再掩饰自己的小心思。

"哎，说这些干什么，我们谁想自己不好呢？"王图南拍过宋腾飞的肩膀。

宋腾飞皱着眉头："真的好难，和预想的完全不一样。这

| 奋进者

活是上挤下压，在领导面前装孙子，在下面也得装孙子。其实，我就是个过路干活的，能如何呢？"

"你是说竞聘会？"王图南疑惑，那不是人人都想干的美差吗？

"你想多了，全部都是内定的。"宋腾飞用空瓶子砸着脑袋，"我真是尽力了，海重没救了。"

"啊？"王图南的心头一紧。宋腾飞大手一挥，"竞聘会当天你就知道了。唉，难得休个周末，不提工作。美娜和甜甜在那边，走，一起去转转。"

"好。"王图南跟上宋腾飞的脚步，走向幽静的小径。

海重集团总部大楼的董事长办公室。

傅觉民、毕心武并肩站在明亮的玻璃窗前，和煦的阳光照在两人的脸上，冲淡了岁月留下的痕迹。

"老夏真给力！"傅觉民欣慰地感慨道。

"是啊，没想到他留了一手，这个老家伙。"毕心武微微一笑，"是个记账的好手！"

傅觉民迎着和煦的光，眼底闪闪发亮："王图南也没让咱们失望，他的勇气可嘉啊！怎么样，他在一车间工作顺利吗？"

"放心吧，图南那孩子放在哪儿都闪光。之前有老夏的指导，再加上自身的底子，他上手很快，听说已经考下了钳工证。对了，他还给一线的生产车间重新整理了安全生产条例和几项生产标准，赵大鹏因此上了厂报，评了优。前几天，二车间的朱明江，三车间的刘江南都找我打听，能不能让王图南去他们的车间工作。"毕心武满肚子的委屈，"瞧瞧，他倒成抢手的香饽饽，可他拿的还是我们设计院的工资啊！"

"哈哈！"傅觉民爽朗地大笑，"老毕啊，你格局太小了，就惦记你的一亩三分地。他是火炬，多照亮一间屋子是一间屋子，反正都是为了海重嘛！"

"我这也是穷怕了啊！"毕心武舒展着筋骨。

傅觉民继续问道："对了，王图南的军令状进展如何？"

毕心武点点头："进展顺利。还是年轻好啊，人家身强力壮，两边的工作都不耽误。咱们就不行了，不是这疼就是那疼，晚上睡不着，早上起不来。"

傅觉民摆摆手："你还不老，我才老了，工作要以分秒计算，未完成的心愿和计划都要马上提上日程。"

"这回咱们可算有钱了，还是一笔巨款！"毕心武欣慰地说道，"没想到事情进展得这么顺利！刘学海是个痛快人，事情在海重内部就解决了，也省得再上报国资委了。"

"可不，好在他们没把这些钱揣进自己的腰包。"傅觉民松了口气,"我想这些天老刘的日子也不好过。"

毕心武笑了:"老刘心眼多,但也明事理。前些年,他强制刘学海上了两台百吨的电弧炉,建立理化实验室,也算为厂里做了点好事。"

傅觉民深谋远虑,说道:"吴会计说,第一期的三千万已经到账了。下周的班子会上,你起草出一份数控产业基地和研发中心的详细方案来,这笔钱必须专款专用。"

"放心吧,早就准备好了。"毕心武的表情既严肃又沉重。这几句话说得轻轻松松,可他却已经准备十年,改了二十八稿了。

毕心武的脸上映着坚定,傅觉民深知那种激动伴着喜悦的心情,自己又何尝不是呢?两个相伴半生的老友凝视着对方,毕心武的眼泪缓缓地流了下来。

傅觉民安慰道:"还说自己老了,这明明是年轻人的情绪嘛。"

毕心武擦过眼角,嘟囔地说道:"让董事长笑话了,哎,人老了,都是玻璃心!还有个重要的事情,听说下周有竞聘会,需要取消吗?"

傅觉民顿了一下,反问:"竞聘会都请了谁?"

毕心武笑了:"您也知道老刘一贯的风格,表面功夫做得十足,不仅将行业内的专家请到了,连江重的李东星、中蓝飞跃的赵心刚都请到了。他也真是厉害,李东星和赵心刚是出了名的大忙人,特意从江北过来,真给他面子!"

"李总和赵总也来?老刘果然用了心思!"傅觉民的语气软了几分,"那咱们的竞聘会还是如期举行,"他的眼底闪过一丝坚毅,"一切照常。"

一周后,一场别开生面的竞聘会在海重的工人会堂举行。这是海重第一次公开竞岗的会议,会堂的过道都挤满了人。

王图南一直在办公室等电话,还不时地朝楼下观望,很快,他收到了宋腾飞发来的信息:已到!

王图南飞速地整理了工作服的领口,奔向工人会堂。他并不是去竞岗,而是去看偶像。那天王欣宇说的好消息是赵心刚和李东星会作为特邀嘉宾来参加海重的竞聘会,坏消息是王欣宇已经从江重离职,不能随行。

对于王欣宇的离职,王图南毫不意外。同生在老国企的家庭,他太懂王欣宇的处境了。每个人都有自己的选择,每个人都有适合自己的路,而他的路就在海重。

王图南挤进人群,找到了宋腾飞为自己预留的座位。还没坐稳,会场就响起了激昂的音乐,刘晓年和一群专家领导在宋腾飞的引领下,走上主席台,分别就座。王图南一眼就认出了穿着江重工作服的李东星和穿着衬衫的赵心刚,两人虽然穿戴不同,但是浑身散发着新一代工厂负责人的气质。面对向往已久的偶像,王图南情不自禁地鼓起掌来。

掌声过后,刘晓年代表海重进行了热情洋溢的发言。可王图南的心思不在这里,会议流程里有一个海重职工和专家面对面交流的环节,他是专程为此而来的。他盯着主席台上的赵心刚和李东星——赵心刚的五官很深,尤其是两道眉毛,黝黑而修长,眉宇间透着儒雅。李东星的五官立体,显得英气十足。两人的动作很一致,细节上略有不同,赵心刚一直盯着会场,李东星的目光则不时落在刘晓年的身上。

刘晓年声情并茂地连说了三个感谢的排比句之后,话语拉回到主席台:"下面是专家面对面交流的环节,今天我们有幸请到了国企改革的急先锋——江重集团董事长李东星和自主研发的急先锋——中蓝飞跃的董事长赵心刚,希望大家不要错过这难得的机会,踊跃发言提问。"

现场再次响起了热烈的掌声,宋腾飞却急得够呛,他走到刘晓年身边低声说了几句。

刘晓年笑了:"哦,瞧把我激动的,把正事忘了。大家先别急着提问啊,让李总和赵总给大家讲几句话!"

李东星微笑着拿起麦克风:"刘总说笑了,今天,我和师弟是来取经的,哪能喧宾夺主。我看能不能这样,咱们先进行竞聘,然后再进行交流,这样交流起来会更真实,深刻。"

赵心刚接着说道:"我赞同师兄的建议,我们也想多了解大家。"

"这个……"刘晓年片刻的犹豫被潮水般的掌声淹没,其中王图南拍的最起劲儿。

竞聘会正式开始。起初还算顺利,进入正题就现出原形了,每人十五分钟的讲演环节可谓是相当混乱。有说两分钟的,有说半小时的,有忘词的,有没做任何准备的,居然还有喝醉后在台上信口开河的,全场下来都快成单口相声比赛了!

喝醉的那位是佟连春,他竞聘的岗位是集团采购部的部长。他是海重最老的会计,虽然财务早就电算化,可他的办公桌上始终放着算盘,好像是活在上个时代的人。不知道谁给他出的主意,说是酒壮英雄胆,佟连春特意喝了半斤白酒才上台,结果在台上连打了三个酒嗝,思路也开始混乱,说了不到五分钟就迷瞪了,宋腾飞连忙尴尬地扶着他下去。

王图南的脸色很难看,台上赵心刚的脸色也不太好,李东星似乎习惯了,他私底下和赵心刚耳语了几句,赵心刚的脸色缓缓松懈了下来。

接下来竞聘的是分厂副厂长的职位,应聘者是车间主任吴连学。他倒是有备而来，就是竞岗的发言水平太过江湖气，连"一条龙""清一色"这种词都用上了。台下有人直接喊："老吴，胡了！"而吴连学也的确糊了，说到一半忘词了，主动放弃了竞聘。

虽然有人准备不足，但是也有认真准备的。青年技术工程师孙延文应聘设备安全部部长的职位，他的思路敏捷，对设备维修和安全条例如数家珍，竞岗发言更是铿锵有力，条理分明。赵心刚听得也很认真，追问了一个关于变压器维修的问题，孙延文给出了教科书般的答案，赵心刚听后连连点头。台下的王图南有些后悔了，早知道会和偶像有如此的沟通，他也参加竞岗了。

就这样，会堂内时而笑声不断，时而严谨认真。全场最忙的人就是宋腾飞，他四处串场、灭火、安抚、活跃气氛，最后还由他宣读了成功竞聘岗位的人员名单。有人如尝所愿，有人追着骂娘，真可谓几家欢喜几家愁。名单上没有孙延文的名字，这是王图南意料之中的事情，孙延文备受打击，黯然失色地提前离场。

刘晓年又开始了半个小时的讲演，这时会场上的人已经走了大半，但王图南还是强忍着留下了。宋腾飞敲打着边鼓，朝王图南使眼色："下面是面对面交流的时间，大家踊跃提问哈！"

王图南下意识地握紧了手里的信纸，上面是写好的问题。

可是不知道为什么,他失去了提问的勇气和动力。他承认此时的自己是羞愧的、悲伤的,更是无奈的。

会场上一片寂静。

"王图南在吗?"赵心刚在台上忽然发问。

王图南一愣,宋腾飞急忙递过麦克风:"在,他在。"

王图南迟疑地站了起来:"赵总,我是王图南。"

赵心刚笑了:"听说你在研发过程中,大胆启用了国产的电动执行机构和电气元件,效果如何啊?"

王图南立刻切换到工作状态:"从目前采集的数据上看,国产设备没有任何问题,故障率和国外的产品基本持平,有些的故障率甚至还要更低,但是成本只有国外产品的三分之一。"

"好,那我就放心了!"赵心刚欣慰地点头。

"赵总,我听过您在江重研发磨煤机的故事,"王图南鼓起勇气,"技术和现实到底有多大的差距?"

赵心刚顿了一会儿,语重心长地说道:"有人觉得做技术是个苦差事,有人却乐在其中。无论你如何想,如何选择,只要永不停歇地走下去,差距就会越来越小!"

"那国企的出路到底在哪里?"王图南追问。

"国企的出路?"赵心刚看向保持微笑的李东星,"我已经离开国企了,还是让师兄来回答你这个问题吧。"

| 奋进者

"师弟真是谦虚了。"李东星干练地站了起来,"国企的出路有很多,最稳妥的、最广阔的、最保险的就是——核心技术必须掌握在自己手里!"

"说得好!"刘晓年带头拍起巴掌。

竞聘会结束了,但是有心人的折腾还未停止。很快,一车间有了新风向,每个工段拆分成两条线,将设立两个线长,相当于副段长。消息一出,一线工人们都动了脑筋,都在私底下活动,连干活的人都少了。但王图南和吴辽的任务很重,每天都在加班。

以往加班,吴辽满脸愁容,好像有人欠他钱似的;现在加班,吴辽的心情特别好,整天哼着欢乐的小曲儿。这都得益于王图南帮他挑开了"拆二代"的身份,王默对他的态度来了个三百六十度大转弯,截然不同,每天都以各种理由来看他,吴辽就这么毫无防备地陷入了爱河。

这会儿刚吃完午饭,午休的时间还没结束,王默又来了,吴辽则是一直闷头偷笑。

王图南识趣地收起扳子:"我回实验室看看,你先干着!"

"谢谢王哥!"吴辽发自内心的感谢王图南。

王默穿着工作服,胳膊上套着深蓝色的麻布套袖。她麻利地凑过来,递了一个桃子:"累不?中午了,歇会儿!快尝尝,刚洗的。"

"嗯!"吴辽接过桃子,咬了一大口,酸酸甜甜的滋味一直腻到心里。

王默挑起泛蓝光的眼皮,小声说道:"亲爱的,我听于大宝他们说要去竞聘线长。"

"我知道。你看,就是这条线从中间分开。"吴辽用桃子瞄着前方的工作台。

王默拽了一下套袖,挑起语调:"于大宝都能去,你差啥?你也去!"

"我?"吴辽下意识地摇头,"我不行。"

"我有办法!"王默眨眨眼,"我都打听好了,赵主任是评委。他家住劳动公园附近,晚上咱俩去他家送两条烟,再拎两瓶酒……"

"送礼?"桃子越吃越酸,吴辽的后槽牙有点疼。

"啥送礼,就是去领导家沟通感情。领导知道你挣多少钱,不在乎你送啥,关键是……"王默指向吴辽的胸口。

吴辽不懂。

王默板起小脸,老道地说道:"关键是心意!咱们多去领导家坐坐,就是证明咱们和领导一条心,领导最看重这个。"

| 奋进者

"你咋知道的?"吴辽放下桃子。

王默扬起头,眼底闪着光,失落地说道:"这都是我家老爷子用惨痛的教训换来的宝贵经验,我记得真真儿的……晚上我陪你去,酒我都准备好了,老爷子留下的西凤,都二十多年了。"

吴辽抿着唇,犹豫地摇头:"我不想去。"

"为什么?"王默惊讶地扬眉。这是两人恋爱以来,吴辽第一次不听自己的话。她可是为他好啊!

吴辽小声说道:"送礼算啥本事?我要凭真本事,自己当线长!以后再当段长,当车间主任。"

"你!"王默的脾气上来了,"吴辽,你傻呀!你爸、我爸,都是技术大拿,都是凭真本事吃饭的,可他们到死也没当上段长!你想去就去,不去拉倒!我都是为你着想,为我们的将来着想!"王默临走前扔下一句狠话:"我告诉你吴辽,你当上段长,我才能嫁给你!"

"啊?!"吴辽盯着吃剩半个的桃子,胃里翻腾得厉害。他迟疑地拿起扳子,又闹心地放下。热恋的苦涩在他心底最深的地方一点点地蔓延,汇成了一片苦海。他不想失去王默,更不想违背自己的初心。万般纠结下,吴辽掏出电话,找到了王图南的名字……

· 21 ·

王图南和宋腾飞站在天台上,两人的头顶上是湛蓝的天空,脚下是绿色盎然的草坪。已经到了立夏的节气,空气里充满了躁动的炎热。

"你还好吧?"王图南先开了口。

宋腾飞揉着黑眼圈,抱怨地说道:"厂里都说调整小组是整人小组,背地里骂我,这能怪我吗?领导咋说我咋办,我就是一个办事打杂的。竞聘会上的名单都是内定好的,走个形式而已。"

王图南感慨道:"你知道外面人怎么说咱们东北的国企吗?他们说三分之一的人不干活,三分之一的干错事,剩下三分之一的人把做错的事纠正过来。"

"说得没错!"宋腾飞感同身受地点头,"我每天都在替人收拾残局。"

"那你为什么要这么做?为什么要参与?你们这是在增加海重的负担。"王图南一针见血地指了实质。

宋腾飞笑了:"说得容易!董事长叫停调整小组了吗?没有!厂内还在继续推行竞聘,连过去的方案都没有否定,这说明什么?"

"海重什么时候成了你们钩心斗角的棋局了?"王图南心痛地皱眉。

宋腾飞有些无奈:"没有你想的那么复杂,每个人的初衷都是好的,都是为了海重好,只是想法上有分歧而已。遇到事了,还是以海重的利益为重。"

"但愿你说的都对!"王图南叹了口气。

宋腾飞转移了话题:"你在一车间怎么样?听说你考了钳工证,不错啊!改天我们切磋一下。"

"你已经不是我的对手了!"王图南看着宋腾飞纤长的手指,自信地将磨出薄茧的双手摊开给宋腾飞看。

宋腾飞一怔,失落地说道:"是啊,我好久没摸机床了,估计以后摸机床的机会也不多了。图南,我要离开设计院去集团总部上班了,我将会是海重最年轻的办公室主任。"

"什么?你要放弃专业了?"王图南很震惊。

宋腾飞点点头:"是的。你说过,左右摇摆,四处投机,只能是竹篮打水一场空。既然选择了,总要坚持下去。美娜家追得急,让我们快点结婚。我要买房子,要还房贷,要过更好的生活,自然要去收入更高的地方。"

王图南非常不认同,却无力反驳。他默默地看着一脸疲惫的宋腾飞,发现他是如此的陌生。每个人都有自己的路,每个人都有自己的选择,他不能用自己所谓的高尚的价值观去反驳宋腾飞。

天台很闷,一丝风也没有,压抑得让人喘不上来气。两人一前一后地无声离去,就像从来没有来过……

回去的路上,王图南接到了吴辽的电话,他听出了吴辽的妥协。其实人们在询问他人的时候往往心里早已有了答案,只是想从另一个人的嘴里听到,增加自信而已。但是很遗憾,王图南没有遂吴辽的心思。他告诉吴辽不要白费力气了,赵大鹏这个评委估计就是个摆设,吴辽听后失望地挂断了电话。

为什么大家都不能踏踏实实、本本分分地做点实事呢!王图南苦闷地来到小广场,那一台台凝固着海重灵魂的机床就稳稳地站在那里。

小时候,爷爷给他讲过"童宾跳窑"的故事。万历年间,景德镇奉命烧制大龙缸,久烧不成,窑工们备受摧残。一个叫童宾的窑工心急之下投入窑火,以身殉窑,大龙缸竟然烧成了。童宾因此被后人称为窑神。小时候听这个故事觉得它可怕又血腥,此刻他才明白,那是工匠的执着和大无畏的勇气。

他要坚持走下去!

这时,毕心武慢悠悠的语调传来:"想给你研发的新机床,提前预留个地方?"

"毕院长!"王图南习惯地唤道。

"叫我毕叔叔吧,你爸比我大几个月。"毕心武抚摸着锈迹斑斑的老机床。

"毕叔叔,我……"王图南的话哽在喉咙说不出。

毕心武翘起嘴角,开起玩笑:"别和我要钱啊,我没钱!"

"不是的。"王图南解释道。

毕心武的眉毛更弯了:"我刚刚看过新产品的调试记录和采集数据,按照这个速度,军令状还是可以完成的。我问过物资采购中心,进口的那批配件大概两周后能到,到货之后,要立刻进行连续测试。你们第一实验室的人手不够,我会借调第三实验室的苏含笑和韩伟林给你,这两个小伙子都是你的师弟,你必须带好他们。"

"啊!"王图南震惊得不知所措。这是他进厂以来,毕心武第一次细致地交代工作,也是第一次关心他的项目进展。

"你啊!"毕心武拍了拍王图南的肩膀,"海重的水很深,但是大家都是为了海重好。目前,海重走在岔路口,接下来走哪条路,直接决定海重未来的命运。别看那些人平时争得厉害,遇到事了,谁也不含糊。你看,这一代又一代记载海重历史的机床不就是最好的证明吗?我们都老了,你们年轻人要接班。你要尽快完成军令状,然后继续研发 510 项目,我们争取在三年之内,建立全国最大的数控产业基地。"

"510?"王图南的眼底闪着光。那是他接手的第一个项目,因为常年缺乏资金,一直停停走走,原地打转。他立下的军令状也和 510 项目相关,只要他能顺利完成课题,研发出性能稳定的新产品,就基本完成了 510 项目的第一阶段。他可以在此基础上,继续第二阶段的漫长研发。可是这需要一笔巨大的投入资金,以海重目前的经营状态……

"资金的问题怎么解决?"王图南脱口而出。

毕心武咧嘴笑了:"是你要来的!"

王图南的脑海中猛然闪过一道刺眼的强光,心底沉积的雾霾缓缓散去,原来众人下了这么大的一盘棋,是为了筹措资金完成研发项目啊!

"我不会辜负大家的期望的!"王图南的脸上满是坚毅。

毕心武慨叹地说道:"要沉得住气,事情要一件一件办,你要理解董事长的苦心啊。"

"嗯!"王图南站在朗朗的晴天下,他的脚下是那片镌刻着工业灵魂的热土……

第七章

将改革进行到底

生活本身就是问题叠着问题,矛盾一环扣着一环。

22

周末是适合聚会的好日子，李甜甜约王图南、宋腾飞、郭美娜来家里吃饭。这场饭局断断续续地约了两个月，总是凑不齐人。好在李甜甜没有放弃，在夏季的尾巴，四个年轻人终于聚上了。王图南和宋腾飞相见略为尴尬，于是李甜甜和郭美娜随时打着圆场，总体的气氛还算融洽。

一大早，李甜甜在早市上买了应季的河蟹。北方水寒天冷，河蟹成长周期慢，但是味道鲜美，肉质滑嫩，味道不比阳澄湖的差。她捡出四个大的蟹子放在笼屉上蒸，剩下的蟹子竟然——炖了南瓜！王图南和宋腾飞难得一致地认为白瞎了这么好的蟹子，李甜甜却卖关子说，这叫知识来源于惊奇。

当惊奇和绝美的香味一同溢出来时，聚会正式开始。郭美娜开了红酒,四个年轻人围桌而坐。

"没想到河蟹还能这么吃!"王图南夹起一块软糯的南瓜,"味道真好。"

郭美娜快人快语:"既然爱吃,就早点把美人娶回家,别被人抢走了。"说着,她刻意看了一眼宋腾飞。

宋腾飞的脸色很差,独自喝起了闷酒。

聪明的李甜甜把话题重新拉到美食上:"上周我和同事去盘锦出差,这是当地的土菜,做法简单实惠,据说是满族人传下来的。其实就是东北的大炖菜,点睛之笔是出锅放的芹菜,就像卤水点豆腐,把蟹子的鲜,南瓜的甜,芹菜的香融合在一起。"她俏皮地点着筷子:"天下第一美味!"

王图南笑在心里,满眼都是那张甜美的小脸。这段时间他俩都忙,很少见面,但是情谊一分不减,两颗心越走越近。

"果然是一物降一物。"郭美娜埋头啃起河蟹。

宋腾飞的脸色更难看了,他径直站起来,说要去阳台透口气。王图南和李甜甜会心地对视了一眼,随后也起身跟了过去。

这套房子的户型很好,麻雀虽小,一应俱全,还赠送一个南向的阳台。正午的阳光很是热烈,阳台亮堂堂的,满眼的金色,可是那明艳的光芒也化不去宋腾飞一脸的愁容。

王图南试探地问道:"怎么,吵架了?"

第七章 | 将改革进行到底

宋腾飞叹了口气:"我真是聪明反被聪明误啊!"

"你没去集团?"王图南这才想起来是怎么回事,他看过集团的人事变动通告,新调整的集团办公室名单上并没有宋腾飞的名字。

宋腾飞失落地点头:"是啊,当你接近权力中心时,会以为自己就是其中的一分子。李玉琢快退休了,我以为办公室主任的职位直接内定是我的了,我去竞聘就是走个过场。但是没想到集团根本不想换办公室主任,大家都说我太年轻,不懂事,沉不住气。"

"这是好事啊,办公室的活有啥好的?天天跟着领导开会,累得要命。你就应该踏踏实实地在设计院工作,"王图南高兴地说,"我们还可以继续并肩作战。"

宋腾飞的内心一片苦涩,语调消沉地自嘲:"我现在也体会到被全厂笑话的滋味了。调整小组我是待不下去了,只能回设计院。说实话,图南,我不如你。"

王图南摇头:"我自身的问题也很多,那些冠冕堂皇的话都是自我安慰罢了,但是我坚信自己是对的。"

"我如果有你一半的固执该多好!"宋腾飞伤感地望着湛蓝的天空。

"工作要一件一件地做,不能让工作影响生活。你和郭美娜怎么了?"王图南问回了原题。

宋腾飞的目光落在远处建筑工地的塔吊上,感慨地说道:"生活本身就是问题叠着问题,矛盾一环扣着一环。"

与此同时,在李甜甜的闺房里,郭美娜也说了同样的话:"矛盾一环扣着一环。"

李甜甜耐心地劝慰:"美娜,你们都在一起这么多年了,互相体谅吧。"

郭美娜低沉地说道:"甜甜,咱们都是要爱情不要面包的人。但简·奥斯汀告诉我们,爱情与面包绝不是对立的存在,只有同时拥有才会幸福。王图南的个人条件和家庭条件都不错,你找对了人,我就不行了。我家的情况你都知道,腾飞家的情况和我家差不多。我们这么努力工作,不就是为了在海山扎下根儿吗?可是他的工资太少了,应酬又多,我们总凑不够首付。这次他没能聘上办公室主任,收入上不来,房价又涨得太快,我们恐怕要租一辈子房子了。"

"不会的。你们先买套小户型吧,我们可以做邻居。"李甜甜出起主意。

"房子太小不行啊,我们都喜欢孩子,结婚就得要孩子,我们希望孩子能接受最好的教育,将来比我们有出息,但是学区房简直贵得要命。"

李甜甜没说话,她了解郭美娜。郭美娜和宋腾飞是一类人,他们有相同的出身,相同的经历,相同的人生观、价值观,他们都是奋进者,都想通过自己的努力改变人生轨迹,只是着急了些。

"再给他点时间吧。"李甜甜轻声说道。

郭美娜无奈地点头:"是啊,我心里不痛快,嘟囔几句。闹归闹,吵归吵,日子还得继续过。谁让我喜欢他呢,天涯海角跟着,吃糠咽菜也跟着。"

"对嘛,这才是我认识的郭美娜。"李甜甜逗趣地笑了。

心里话说出来,郭美娜的心里敞亮多了,她瞄向阳台的方向:"你怎么样了?进行到哪步了?啥时候谈婚论嫁呀?"

李甜甜想到手机里存下的那些甜蜜的信息,小脸都红了:"还早呢!"

"那我教你几招。"

"哎呀,你讨厌……"

闺蜜之间有说不完的悄悄话。

半小时后,饭桌上恢复了平静,四个年轻人热情地谈天说地,仿佛整个世界都是他们的,直到一瓶红酒见底,聚会才渐渐接近了尾声。

这时,王图南的手机响了,是宋垒打来的。他的声音很兴奋,此刻他正站在一家房产中介所前,眼底满是喜悦:"王哥,

| 奋进者

谢谢你给我介绍那么多客户。他们一个传一个，我最近卖了十多套房子。"

"太好了！"王图南发自内心地替宋垒高兴。他灵机一动，宋垒卖房子的确是个好手，既然他那么专业，说不定能解开宋腾飞和郭美娜的心结呢。于是王图南压低声音问道，"你哥他们也想买个房子，要带学区的，就是房价太高了。你手里有合适的房源吗？"

"他们？"宋垒拉起长音，顿时懂了王图南的话。

"如果有合适的房源，帮他们选一个，他们最近的状态……不太好。"王图南的语调更低了。

"有。我知道一家正在回笼资金的楼盘，性价比特别高，我把位置和信息给你。"宋垒干练地转过身，"如果有空，今天就可以去看房。"

"好！"王图南接到信息之后，充满喜悦地向宋腾飞和郭美娜报喜。

宋腾飞和郭美娜惊喜极了，他们之前去过那家楼盘，就是因为价格贵才放弃的。现在有了打折户型，两人都非常急切。于是一行四人简单收拾了一下，直接赶往售楼处。

果然如宋垒所说，宋腾飞和郭美娜用极低的价格买到了心仪的房子。两人完成了一件人生大事，正有说有笑地规划着搬新家、领证结婚、办婚礼、生宝宝等等未来美好的生活。

王图南和宋垒在售楼处的角落见了面。宋垒穿着洁白的衬衫和深色的西裤，少去了冬日那会儿的青涩，多了几分摸爬滚打的职业感。

"王哥，我知道销冠是谁了！"宋垒憨厚地笑了。

"是你出了另一半的首付款？"王图南猜出了宋垒的心思。

宋垒笑了："我哥是体面人，他是全家的骄傲！"

王图南拍着宋垒单薄的肩膀："你也是全家的骄傲！"

"我差得很远！"宋垒的眼前一闪而过那间出兑的房产中介所，"我要努力成为销冠！"

"我看好你！"王图南忽然想起父母最近商量着要换套房子，"我也有个事情求你。"

"王哥，你尽管说！"宋垒面带微笑。

王图南应道："我爸想在海山市郊区买套别墅，但是我妈要求高。我爸工作忙，抽不开身，能不能请你帮着看看？"

"好啊！"一说到和房子有关的事情，宋垒有说不完的话，"我最近走了好几个别墅的项目，还研究过北上广深的豪宅，一定让叔叔阿姨满意！"

"那就拜托你了！"王图南的心里很是高兴，这真是一个收获满满的周末！

23

海山市的初秋层次分明，有浓重的灰，粗浅的白，淡淡的黄，艳丽的红，还有萧瑟的绿。各种颜色混杂在一起，携起了凉意，催人清醒。

这是王图南进入海重以来最忙碌的一个秋天，也是最好的秋天。设计院重新启动了510项目，成立了数控产业基地的研发小组，王图南所在的第一实验室和宋腾飞所在的第九实验室都纳入了研发小组，由毕心武亲自带队。王图南的军令状是研发小组的前沿课题，厂区内同期新建了崭新的数控车间，随时为510项目的研发、调试和一定规模内的限量生产做后备服务。

有了人力、物力、财力上的各种支持，研发小组的工作进展迅猛，王图南和宋腾飞几乎以厂为家，反复试验、调试、采集数据。功夫不负有心人，在一个寒冷的深夜，他们终于顺利地完成了军令状。

王图南和宋腾飞的拳头磕在一起。宋腾飞感慨地说道："你是对的！"

王图南看着一串串的采集数据，欣慰地应道："海重的新篇章开始了！"

历时三年零九个月，经过两代海重人的努力，这个项目终于完成了！虽然一路上磕磕绊绊、走走停停，但从未有人放弃过。在庆功大会上，董事长傅觉民念出了一个个为之努力过的名字，其中就包括已经离开了海重的肖阳。王图南点开了手机的免提，远在江南的肖阳听到自己名字的瞬间，忍不住悄然落泪。

"接下来的路，你要自己走了。"肖阳殷切地嘱托道。

王图南的脸上映满坚定的信念，他大声地说道："放心吧，海重会越来越好的。"

海重的厂报连续一个月报道了王图南、宋腾飞取得的傲人成绩，两人当选为厂劳模、先进生产者、优秀员工、十佳青年……横扫了海重所有的荣誉，拿下了大满贯。连设计院也被评为了优秀单位，毕心武代表海重接受了海山市电视台和各大新闻媒体的采访。

可是除了荣誉，海重却没有给他们发奖金，更没有宋腾飞想要的升迁。宋腾飞的情绪不高，动起了别的心思。王图南每天忙着写结题报告，根本顾不上安慰宋腾飞的情绪。他原本想等忙完了这一段，找个时间和宋腾飞好好谈谈下一步的工作规划，可惜计划赶不上变化。

王图南拿着结题报告站在董事长办公室的门口，里面传出了傅觉民低沉的声音：

"是啊，杜行长，再通融几天吧，过几天海外公司回款，

| 奋进者

第一个还你们行的贷款。"

"对，先缓一缓，通知财务主任，付一部分吧。"

"刘行长，海重的信用额度还在，那笔贷钱一定留给我们。"

……

王图南的心里一下子很清楚，暴风雨真的来了，董事长肩上的担子很重。

"是王图南吗？进来！"傅觉民心事重重地坐在椅子上。

王图南将结题报告放在办公桌上，傅觉民一扫脸上的晦涩，郑重地签下了自己的名字。

"董事长，如果海重的债务沉重，510项目可以暂停，或者暂缓……"王图南低声地说道。

"王图南！"傅觉民大声训斥道，"做好你自己的工作！这是你考虑的事情吗？"

"可是……"王图南想到那些催债的电话，不由得心疼起眼前这位迈入花甲的老人。

忽然，傅觉民的手机和办公电话同时响了，急促的声音生生拉扯着傅觉民疲惫的神经，他摁掉手机和电话，沉重地走到窗前。

王图南第一次觉得董事长的背影是这般的单薄。他心疼地唤道："董事长……"

傅觉民盯着窗外整齐的厂房，淡淡地说道："每个人在各个阶段的需求不同,理想不同,想法也不同。年轻人想求财,求机会,求发展,只要是通过自己的努力去争取来的,就都值得尊重。到了中年,自然是求稳,求健康。而到了我这个年纪嘛,就只求别出大乱子,中规中矩地退休就好了!有句话说得好,无论飞得多高多远,平安着陆才是最好的。"

"好像有点道理。"王图南小声应道。

"混账道理!"傅觉民大手一挥,"平安着陆就要缩手缩脚吗?就天天耗着混退休吗?不行啊!国内的形势一片大好,国家坚定着改革的决心,势必将改革进行到底。有国家托底,咱们怕什么?"

"可是海重目前的经营状况……"王图南十分担忧。市场是残酷的,不是有决心就能过去的。目前国内制造业持续低迷,不仅是海重,高新区这些老国企的日子都不好过。

"负债率太高了!"傅觉民从不回避问题,"但是再差,也不能放弃数控产业基地的计划,那是海重未来的希望。我在海重干了一辈子,深知海重的优势和劣势,更知道市场的多变性,绝对不能因为有困难而放弃努力和希望。改革的初衷不就是遇水架桥,遇山开路吗?脚下的路越走越宽,改革会越改越好。党的十八大以来,中央的政策非常明朗,坚持改革开放,深化国企改革。我坚信中国将迎来崭新的面目,整体迈入一个新的时代。这个时候,海重绝不能拖后腿,必须要迎头赶上!510项目是海重的火种,你安心工作,债务问题我来解决。"

"董事长,我会努力工作的。"王图南表示着决心,"您也要保重身体。"

傅觉民重新坐回到椅子上,恢复了平静:"去忙你的吧。"

王图南怀着沉重的心情走出了办公室,刚好迎面碰到宋腾飞和刘晓年。刘晓年的脸上挂着一贯的微笑:"王工,最近很忙啊!"

"刘总。"王图南礼貌地打招呼。

经过荣誉的洗礼,宋腾飞没有丝毫的避讳,大大方方地看着王图南说道:"下周集团有两场竞聘会,有个技术部长的职位特别适合你,你来试试吧!"

王图南直接拒绝:"算了,把机会留个有需要的人吧。"

在无声的告别中,两个好朋友擦肩而过……

· 24 ·

转眼到农历春节,厂内静悄悄的,除了大门口挂了两个大红灯笼,再无任何节日气氛。职工们大多很闲,都待在员工健身活动中心打扑克。最忙的是集团法律办的法务人员,他们每天都往法院跑,每人的手里都有一大堆处理不完的债务纠纷。

王图南作为团队骨干开始了510项目的第二阶段研发工作。按照既定计划,海重将在三年之内建立起数控产业基地,届时会规模化量产大、中、小型数控机床,全面打开国内外的数控机床市场。

研发任务是漫长而艰巨的,与此同时,海重的债务危机越来越严重,而设计院的研发投入丝毫未减,为此各个分厂的意见很大,傅觉民和毕心武面临着巨大的压力。

午休时间,王图南来找吴辽。一车间的门口乱七八糟的,吴辽、于大宝还有两个新分来的小年轻正在给窗户安装护栏。护栏很旧,看样子是从其他地方卸下来重复再利用的。两个小年轻量好了窗户的尺寸,在旧护栏上画好了线。

吴辽看着电焊机,心里没底:"大宝,你真的会焊?"

于大宝一摆手:"嘿嘿,这是我的独门绝技!我师父是机修大拿,我可是他的关门弟子!"

"你就吹吧!"吴辽不信。

于大宝急了:"哥们儿啥时候撒过谎?"

"那你啥时候拜过师?"吴辽杠上了。

于大宝咧着嘴角:"还记得古师傅吗?"

吴辽吃惊地瞪大眼睛:"江重的古半仙?你是师父是古半仙?"

于大宝得意地摇晃着大脑袋,说起了搬迁那年的往事……

当时吴辽和于大宝是搬迁指挥部的第一批工人，两人铆足了劲头要干出个样来。可是两人是钳工，除了手拿把掐的装配活计之外啥也不会，于是也就只能干些接货、收货的小活，可没想到小活也出丑了！

车间给起重机预留的空间太小，吴辽和于大宝发现钢结构件进不去，两人急得团团转。恰巧那天指挥部接待了兄弟单位的参观团，穿着江重工作服的古师傅巧妙地用拆卸、焊接的方式解决了问题，帮了二人的大忙。吴辽当时就要跪下拜师，可古师傅说这辈子就收过一个徒弟——赵心刚，业内闻名的企业家。吴辽闻听此言，哪里敢再提拜师的事情，没想到今天居然听见于大宝拜了古半仙！

"你是咋说动古师傅的？"吴辽撞了一下于大宝的胳膊肘。

于大宝神秘兮兮地眨眼睛："天机不可泄露！"

吴辽不依不饶，使劲地去挠于大宝的痒痒肉。

于大宝只得投降："我找他学的是算卦，电焊和维修算是赠送的。"

吴辽愣了半天才反应过来，后悔地自言自语："我咋没想到呢！"

"都二十一世纪了，要用脑子！"于大宝揶揄道。

吴辽递过焊枪："对，你脑子灵，别给古师傅丢脸，赶紧露一手！"

于大宝自信地点点头："瞧好吧！"稳稳的面具后面是一双认真执着的眼眸，眼眸深处映着肆意绽放的火花。不一会儿，整齐的护栏一一分解。

吴辽称赞："果然有两把刷子！"

于大宝的脸上满是喜悦："必须的！"

一个路过的男职工摇晃着空饭盒，坏坏地笑道："大宝，你可真能干！"

于大宝满不在乎地摆手："咱就是这么能干，没办法！"他放下焊枪，用手一掰，卸下来两截护栏。

"继续干！"男职工端着饭盒子笑嘻嘻地离开了。

吴辽抬起尺寸正好的护栏，说道："我去装。"

"快去快去，你装得最好！"于大宝故意挤着眉眼。

"就你话多！"吴辽怼了他一句。

"嫌弃我话多啊？哈哈，那我去找老康他们打牌去了，你自己打扫战场吧。"于大宝哼着小曲儿走向员工健身活动中心。

吴辽吃力地抬起护栏，这时两个小年轻接过护栏："吴哥，我们来吧。"

"小心些！"吴辽不放心地叮嘱。

王图南走过来："这样的小事，放手让他们做吧。"

"王哥！"吴辽见到王图南像见到亲人一样，直接将他拉到肃静的更衣室，"你没事吧？"

"我很好啊！"王图南很惊讶。

吴辽摇摇头："我听说设计院离职的人很多，都一窝一窝地走，毕院长每天都在留人。"

王图南心中涌起苦涩："你也听说了？的确很不好……"

"工资少了？"吴辽追问。

"只开基本工资，绩效、奖金都取消了。"王图南反问，"你们呢？"

"连你们都开基本工资了，我们还能有啥保证？工资少了一半还带拐弯。现在很多人都请假不来了，其实是在外面接私活呢。"吴辽挠头，"我和王默也琢磨过，想去外面找点活干，先对付个生活费！"他憨憨地笑着，双鬓间染着星星点点的白。恍惚间，王图南仿佛看到了已经过世的吴伯伯的影子。

难道历史真的会无情地轮回吗？王图南的心疼得厉害。

吴辽继续说道："我每天都看新闻，新闻上说制造业市场持续萎靡，价格战激烈。海重的生产成本高，售后服务压力大，日子会越来越难的。"

"再苦再难，撑一撑总能过去的。"王图南给吴辽打气。

"我好说，现在最难的是董事长。这个老爷子，当年功成身退，安享晚年多好！非得蹚浑水，现在好了，晚节不保。"吴辽感叹道，"我听说毕院长实在顶不住设计院辞职的压力，董事长强硬地让财务预先支付了设计院全年的工资。说什么海重再难，也要留住火种。王哥，我就不懂了，你们是火种，那我们工人是啥？真是一言难尽啊！"

"这……"王图南竟无话可说。

吴辽意识到自己说错话了，连忙转移话题道："王哥，告诉你一个好消息，我和王默这个月的月底结婚，你这个大媒可一定要到场啊！"他的脸上映着无尽的喜悦，眼底却凝着对未来的迷茫。

吴辽和王默的婚礼在家属院的陈记大酒店举行，这里是家属院定点的婚庆饭店，院里的年轻人都是在这里完成人生大事的。证婚人是车间主任赵大鹏，来参加婚礼的亲朋好友都是海重的职工，有很多新面孔，也有很多老面孔。

王图南安静地坐在台下，那些退休的老职工都在不停地询问着海重的情况。喝得微醉的赵大鹏端起酒杯，拍着胸脯说道："放心吧，海重这棵大树不能倒，啥时候都不能倒！"

或许是婚宴的喜酒太烈，或许是老友重聚实在难得，散场时，有不少老师傅是被家人抬走的。赵大鹏也喝多了，于大宝把他送回了家。

王图南的心情很沉重,每一个海重人心里装的都是海重,不管岁月如何流逝,不管风雨如何流转,大家对海重的心从未改变过。所以,他一定要更努力!

可惜除了努力,运气也很重要,没人知道明天和意外哪个先到。越怕什么,越来什么,真应了"屋漏偏逢连夜雨"的老话,海山特钢的银行承兑汇票逾期,捅开了天大的黑洞,连带着将举步维艰的海重也打入了万劫不复之地。

银行承兑汇票是由债权人开出的要求债务人付款的命令书,是短期的融资工具,期限一般在30天到180天。由开立存款账户的存款人出具,取决于银行对出票人资信的认可。像海重、海山特钢这样的大企业,维持日常运营的现金流非常有限,用银行承兑汇票进行结算来周转、延长债务是常用的方式。这次海山特钢的银行承兑汇票逾期在行业内掀起了轩然大波,有些企业宁愿贴息也必须立刻兑现现金。这种大规模的挤兑,直接把海山市的企业踢下了万丈悬崖。

一时间,海重的银行承兑汇票没人敢收,供货厂家要求见款发货,职工的工资被拖欠,银行每天来催债,傅觉民每分每秒都在找钱的路上,头发几乎都白了。设计院勉强维持正常的运营,毕心武和王图南的压力巨大,两人都想尽快地研发出优势产品，用产品打开市场，扭转海重艰难的境遇。

王图南已经三天没回家了，一直在实验室里连轴转。刚开完早会的郭靖和张巍匆忙地跑进实验室。郭靖喘着粗气说道："王哥，不好了，职工们去集团闹事了。"

王图南激动地站了起来："怎么回事？"

张巍连忙解释道："职工已经三个月没开工资了，后勤保障室的刘学海主任说董事长截留了一笔钱，职工们就自发地到集团办公室讨要说法去了，咱们毕院长也已经过去了。"

"你们先采集数据，我去一趟！"王图南着急地跑了出去。

集团大楼被围得水泄不通，傅觉民困在中间，保安也无法维持正常的秩序，现场已经乱作一团。王图南使出蛮力硬生生地挤了进去，他护在傅觉民的身前，傅觉民的嘴唇泛出了紫色。

"王图南，全厂谁不知道你是董事长的人！"人群躁动。

"是又怎样，董事长比谁都希望海重好！"王图南执念地说道。

"图南！"傅觉民不停地咳嗽，"让我说，咳咳……"

"董事长，您歇一会儿！"王图南关心地安慰道。

两人之间的互动直接激起了职工们的不满，有人大声喊道："海重之前的效益那么好，现在说不行就不行了？钱都哪里去了,是不是揣进了个人的腰包?"

"对,要严查腐败!"人群中一阵阵附和。

傅觉民站了出来,语调坚定地说道:"海重走到今天,作为董事长,所有的一切由我来负责。但是,我以四十年的党龄保证,我傅觉民没多拿过海重的一分钱。"

"那截留铸造分厂的钱干什么?为什么不给我们开工资?"站在前面的一名职工严厉地质问。

"对,为什么给设计院预支全年工资,让我们职工喝西北风?"更尖锐的声音传来,"毕心武给了董事长什么好处?"

"我行得端走得正,你们不懂董事长的苦心啊。"毕心武急得快流眼泪了。

"什么苦心!好好的厂子,都是被你们这些蛀虫啃没的!"又是怨气十足的话语。

"咳咳……"傅觉民感觉胸都快绽裂了,强烈的窒息感充盈着他的喉咙,他想说的话全部淹没在职工极深的怨恨里。

他真的老了。上一次这样的画面是在二十年前,一群红了眼睛的职工拎着铁扳子围住了他,他没有丝毫的慌乱和不安,三言两语就劝退了闹事的职工。而今天,他连说话反驳的力气都没有了。

历史的车轮真的在重复吗?他真的因为决策性失误,耽误了海重吗？

"我真是为了海重好，我真是为了海重好……"傅觉民的耳边响起嗡嗡的风声，不，那是车床的轰鸣声。真好听啊！那声音越来越近，越来越大，他几乎承受不住……

"我真的是为海重好！"傅觉民眼前一黑，倒在了王图南的怀里。

· 25 ·

王图南好久没有回家了，他再不回去就真的找不到家了。父亲王立山在宋垒的帮助下在海山市的东部买了一栋别墅，最近正忙着装修。

父子俩是在医院见面的，王立山去医院探望傅觉民，让司机先走了，然后直接带王图南来认认门。父子俩的五官很像，简直就是一个模子里刻出来的，只不过王图南更高些。

王立山指着前面的别墅区说道："这是宋垒推荐的房子，这小伙子不错，业务熟练，人也实在本分，最关键的是……"

"他能搞定我妈！"王图南会意地把话接了过去。

王立山点点头："是啊，能让你妈挑不出毛病来，还愿意从兜里掏钱，不容易啊！"

"这里的环境真不错！"王图南望着一池盛开的荷花说道，"您周末可以来这钓钓鱼。"

"是啊，你刘叔、杜叔都是咱们的邻居，以后我们老哥几个又能聚在一起了。"王立山微笑着说。

"您给宋垒介绍客户了？"王图南也很高兴。

"是啊，肥水不流外人田。宋垒为人实在，佣金对半收费，我介绍几个人过去，让他也多挣点钱。"王立山是个明白人，"外地的年轻人来海山不容易，能扶一把就扶一把。现在宋垒已经用赚来的佣金盘下了一家房产中介所，自己做老板了。"

"真好啊！他可真棒！"王图南点点头。

"老傅……"王立山递过一瓶矿泉水，父子俩就坐在花坛前的木椅上聊了起来。

王图南咕咚咕咚地喝了半瓶，说道："刚才在医院您也听到了，董事长说研发的钱谁也不能动，要继续推行510项目。"

"是啊，我明白他的心思，如果未来十年海重都没有过硬的优势产品，那才是真正的危机。"王立山脸色沉重地说道。

"那现在怎么办？现在的危机过不去，海重哪里还会有将来？"王图南苦恼地望着隐在林间的天空，疏离的缝隙将白云割裂成不同的形状，他想拼凑成完整的图案，却无从下手，就像眼下海重的困局。

王立山笑了："你们研发的那笔资金才几个钱？连债务的零头都还不上，不过是杯水车薪。别说是老傅，就是我，也不会停止 510 项目的。"

"可是海重快倒下了！"王图南嘴唇颤抖。

"你还是太年轻，沉不住气！"王立山眯起双眼，"你看，这里以前是什么？荒地！现在环境变了，时代变了，一切都在变，越变越好。如今的形势和当年完全不一样，改革的力度非常大，尤其是进入世贸之后，国外的市场更是大有所为。你放心吧，那些大风大浪都走过来了，海重肯定会渡过难关的。"

"你不让我离开海重？"王图南很惊讶，他们整个设计院的工程师都快走空了。

王立山的眼底闪过一丝痛惜："图南啊，原谅父亲的私心。世上有一种父母，自己飞不高，总想着让孩子去飞。是的，我就是这样的父母。当年我没有完成的心愿，想让你替我去实现，你愿意吗？"他真挚地盯着王图南的眼睛。

"我？"王图南从未见过这样的父亲，更没听过父亲提及这段往事。

王立山语重心长地说道："中国工业起步晚，底子薄，从零到一的过程是痛苦的，也是缓慢的，而从一到百的过程也是充满艰辛的。机床是工业之母，是制约工业发展的瓶颈。海重是行业的领军人,一代人干不出就两代人干,代代人干。你要坚信改革的路会越走越宽的,只要脚踏实地地干,就一定能成功!"

"爸,我愿意!"父子俩的手紧紧地握在一起,连接了两个艰辛却又充满荣光的时代。

王图南已经习惯紧张简单的生活和繁重枯燥的工作了。这些日子,海重的大门口总是围着一群拉条幅讨账的供货厂家和索要工资的工人,几乎抹杀了这里曾经所有的荣耀。

董事长傅觉民一直在医院养病,总经理刘晓年在关键时刻顶了上来,他开始全面主持海重的工作。他是打过硬仗的人,四处跑关系,拉赞助,最后东拼西凑,还出手了总机厂下属的普通机床分厂,这才勉强维持了海重的运营。海重暂时缓解了财务危机,还上了拖欠职工的两个月工资。至少从表面上看,海重渐渐回到了正轨。

刘晓年每天都到各个分厂开会、打气,吴辽说他是收买人心,可王图南不这么认为,他觉得刘晓年这么做是对的。目前海重最缺的就是信心、士气和团结!只要海重的底子还在,就会有源源不断的订单,就能盘活一盘棋,就能坚持下去。只要新产品通过市场检验,海重就能更上一层楼。

王图南的时间更加紧迫了,每天三点一线,在实验室、一车间、食堂来回奔波。忙的时候连食堂都没时间去，就在车间随便糊弄一口。

这天，他刚从物资仓库领备件回来，被一个熟悉的面孔拦住了："王哥！"

"王励！"王图南惊讶地抬起头，"来找你姐和姐夫吗？"

王励笑了："不是，我是来办公事的。"

"公事？"王图南记得王励在学汽车修理，上次汽车爆胎就是他给换的轮胎，现在又改业务了？

王励解释道："王哥，我开了一家汽车修理厂，定期给海重的车队做维护保养，今天是来给后勤保障室送发票的。"

"哦！"王图南欣慰地点头，"真不错！"

"就是公事公办！"王励贴近王图南的耳边说了句悄悄话，"小刘总跟我说，他要有大动作了。王哥，我先走了哈！"

看着王励离去的身影，王图南的心里翻江倒海的。刘学海要有什么大动作？海重都这样了，他还折腾什么？

王图南落寞地走进设计院的办公大楼。一整天他都在比对图纸，核对技术参数，又忘记了吃饭的时间。

"就知道你没时间吃饭！"宋腾飞拎着两盒饭推门而入。

王图南一怔："你今天不忙？"

"忙啊，但是想你了，就一起吃个饭。赶紧吃，这可是食堂招待客人的规格。"宋腾飞递过盒饭,标准的一荤两素。

王图南夹起一块茄子,心中一暖,想说的话咽了下去,宋腾飞始终是最懂自己的人。

宋腾飞狼吞虎咽地吃了起来:"图南,再忙也得吃饭,身体是革命的本钱。"

"你也是!"王图南点点头。

"茄子的味道不错,比饭店里的都好吃。"宋腾飞将自己盒里的茄子夹了过去。

王图南默契地将辣椒夹给宋腾飞:"你也多吃点。"

宋腾飞咬了口辣椒:"我们都好好干,海重会好起来的!"

王图南一下午都觉得宋腾飞的举动怪怪的,直到看到集团下发的新的组织构架图才明白了王励和宋腾飞的话。后勤保障室升为运营保障事业部,整体提升一个级别,有独立核算的权利,相当于分公司,刘学海又成了名副其实的小刘总。

王图南很不理解,海重深陷困境,为什么还如此瞎折腾呢?他找到了吴辽,吴辽正在更衣室里收拾衣服。

"王哥,你来得正好,和你告个别,我要离开海重了。"

"啊?!为什么?"王图南惊讶极了。

"给你看个东西。"吴辽递过一张工资条,应开工资竟然是——10元!

"挣十块钱我也认了，可你再看看这个！"吴辽又递过一张通知单，上面写着"工作服 120 元一套"，其他的各种劳保的价格也一应俱全，落款是运营保障事业部。

"他们要做买卖？"王图南气得出离愤怒了。

吴辽一屁股坐在长椅上，无奈地说道："没活儿干，我没走；拖欠工资，我没走；挣十块钱工资，我也不想走。可是现在没办法啊，刘学海一上来就搞什么多种经营，工作服和劳保都要卖给我们，他这就是在逼我们走。"

"不会的，或许有误会！"王图南又仔细看了一遍通知，上面并没有"集团决定"的字眼。

"王哥，你太天真了，哪有什么误会？"吴辽摇摇头，"你知道海重有多少职工吗？有多少拿白卡的合同工？有多少拿红卡的正式工？现在海重亏损，要减少人工成本，他们直接解除合同怕职工闹事，只能想出这样的主意赶人走。"

"可是……"王图南想辩解几句，却找不到有力的证据。

吴辽继续说道："王哥，海重再这么闹下去好不了！你知道吗？车间的两条线又要变成四条线了，又多出两套班子，多了两个线长。你说可笑不？没活儿，没工人，领导倒是多了！"

"是不能这样胡闹下去了！"王图南又安抚吴辽几句，窒息地走出一车间。

他从未这样痛心过,面对困境,无能为力,没有一丝办法。他想找一个出口,却兜兜转转地在原地打转。难道海重真的跨不过去这道坎了?王图南站在小广场上,看着那一台台铭记历史的机床,眼前渐渐地模糊了。

"怎么,失望了?想打退堂鼓了?"毕心武夹着公文包走了过来。短短几个月的时间里,他苍老了不少,额头上的皱纹更深了。

"毕院长,如果我们的新产品上线了,但是海重没了,那还有意义吗?"王图南终于说出了想说而一直不敢说的话。

"当然有意义!"毕心武的神色变得很严峻,"你怎么会有这种想法?这是你考虑的事情吗?"

"我……"王图南难受地低下了头。

"你不是一向坚定你的技术信仰吗?在这个节骨眼上,你必须要顶上去。"毕心武的言语间带着少有的严厉,"你不仅要顶上去,还得干出成绩来!"

"我会的!"王图南点点头,"我只是担心……"

"你不必担心,海重的困难都是暂时的。"毕心武舒展着眉宇,"我刚见过董事长,他正在和省里沟通,省里已经同意海重参与混合所有制改革了。近期会有合作商来海重考察,这是老国企开启新一轮的改革形式,我们拭目以待吧。"说着,他的眼底闪过了笃定的光芒。

● 第八章

艰难的磨合

王图南忽然有种坐立不安的感觉，再这样下去，怕是要激化矛盾。果然是怕什么来什么，在这个炎热的午后，宋腾飞的怒火第二次穿透了整个会议室。

第八章 | 艰难的磨合

26

傅觉民回海重上班的第一天就被职工堵在了大门口。从规模上看,这次显然是有组织、有目的的,连那些退休的老职工都来了。

刘晓年满脸愁容:"董事长,我没有办法,他们非要见你。"

傅觉民依旧穿着海重的工作服,胸前戴着闪亮的厂徽。他的眸子很亮,意蕴深长地说了一句:"我养病的这一段时间,海重多亏了你啊!"

"这个——"刘晓年的笑容含在嘴边,"这不是我应该做的吗?"

"是啊,当年我们走过了那段艰难的岁月,现在海重又陷入了破产清算的境遇。老刘,别松劲,我们还得互相搭把手。"

傅觉民用缓慢的语调说道。

刘晓年的心头一紧,他颤抖地张开嘴唇,喉咙间发出近乎呜咽的声音:"老傅!我太难了……"

"我懂。"傅觉民沉重地拂过刘晓年的肩膀。

职工们已经等不及了,站在前排的一位白发苍苍的老职工举起一张老报纸,报纸上记录着海重曾经辉煌的荣誉:"海重是国企,为共和国做出过贡献,咋能随随便便地并入民企呢?"

"就是啊,好好的企业,被你们这些领导祸害没了。"

"职工只管干活,挣两三千的死工资,海重没了,咋生活?"

"工作服还收我们120块钱!海重是想挣我们工人的血汗钱吗?"

人群中发出阵阵抱怨和骂声。

傅觉民做了一个向下压的手势,示意众人收声,接着他镇定地说道:"先说明一点,运营保障事业部售卖工作服和劳保用品的事弄得大家怨声载道,现在已经被我们管理层叫停了。对于已经收取的钱款,我们会在下个月开支的时候和工资一起退返给大家。以后正常的职工福利还是会有的,这方面请大家放心。"

随后,他深情地接过老职工手中的报纸,感慨地说道:"我记得这张报纸。当年海重是海山市的纳税大户,北京特意来记者采访过老书记。"

"你对得起老书记吗?"老职工气囔囔地瞪着傅觉民。

"爷爷,您咋也来添乱呢!"于大宝从人群里钻出来,站在老人身边。

傅觉民低沉地说道:"老师傅,我认得您,您是咱厂连续五年的劳动模范,赵大鹏那批人都是您的徒弟。"

"海重不能变成私人的啊!"于老爷子泣不成声,"当年下岗那会儿,我带着一群徒弟去过南方的那些小厂,他们不讲质量,没有安全许可,就是为了挣钱,为了盈利!如果海重也变成那样的企业,海重的金字招牌就砸了!"

"爷爷!"于大宝抱住了泪流满面的老人。

"谁说海重要变成私人的?谁说私人企业就一定砸金字招牌?"傅觉民加重了语气。

"厂内都传疯了,海重要加入混改。"另一位中年职工大声喊道,"现在高新区的那些企业都混改成民企了。"

"那是好了,还是坏了?"傅觉民侧目反问。

"听说工资高了,可是管理严了,一天打三遍卡,工作不好就罚款!"于大宝小声地应道。

"你愿意吗?"傅觉民语重情深地问。

"我……"于大宝低头想了想,扬起头,"多干多得,我是愿意的。"

"你这孙子就认钱！不行！"老爷子推开了于大宝，"在海重老厂那会儿，都是自愿加班的，谁要过加班费？遇到天大的事情，海重的爷们儿也得站着！就是倒下，海重也是国家的！"

"爷爷——"于大宝连忙扶住老人，不敢再乱说话。

"老师傅别激动！"傅觉民关切地转向维持秩序的保安，"给他拿把椅子。"

小保安麻利地搬出椅子，于老爷子气喘吁吁地坐下，还不忘殷切地嘱咐道："海重不能变成私人的啊！"

傅觉民看着那一张张可爱的面孔，感慨地说道："我知道你们都是为了海重好，我能体会到你们的心情。方才你们的话我都听到了，你们的心意我也懂了。目前海重走到了清算破产的边缘，如果没有刘总力挽狂澜的支撑，就已经正式进入清算破产的程序了。海重走到今天这一步，我作为董事长是要负责的，我对不起你们！"

傅觉民倾斜着身子，朝后退了一步。他面向人群的方向，珍重地鞠了一躬。人群顿时鸦雀无声，片刻的沉默过后是一声声的叹息。

傅觉民抬起头，认真地说道："你们今天能来，我很高兴。我并不认为这是闹事，这是关心自己的家。谁不希望自己的家好呢？海重现在遇到难处了，你们怨领导，其实领导也委屈，怨职工的执行力不够，大家都有自己的道理。海重这些年不容易啊，人人都说我傅觉民有本事，其实我有啥本事，就是两边粘。"

"啥叫两边粘？"于大宝迷糊了。

傅觉民笑了："国家的好政策，我转达下去，有了好政策的支持，职工好好干，这不就是两边粘吗？"

"还真是。"于大宝抿嘴乐了。

傅觉民点点头："所以啊，这些年，是国家的好政策和职工们的努力才成全了海重。但是我转达不明白的时候就会出状况，对此我是要检讨负责的。"

"真的没有其他办法吗？"人群里响起不甘的声音。

傅觉民没有说话，眼底裹着化不开的沉默和伤痕。

刘晓年捧着肚子站了出来："你们知道这些年我和董事长是怎么过来的吗？海重缺钱啊！我们每天都在找钱的路上！海重有一万两千多名在职职工，有将近两万名的退休职工，每年的工资、采暖费和各种费用都需要钱。市场稍稍出现一点风吹草动，我们就睡不着，真是怕啊！"

傅觉民欣慰地看向刘晓年："是啊，都说在公开场合提钱太俗气，但是刘总说的都是大实话。一分钱难倒英雄汉，巧妇难为无米之炊，更何况是海重这样的大国企呢？现在国家出台了好政策，为国企和民企搭桥，找出一种最适合的合作方式。这不是体制的问题，是人的观念的问题。我们即将全面进入了小康社会，国企改革改了几十年，从未停止过改革的脚步，大家的老脑筋也该换一换了。"

"那我们还是铁饭碗吗？"有人悻悻地问。

傅觉民语调坚定地说道："世上没有铁饭碗，每个海重人都有精湛的手艺，那才是你们真正的铁饭碗！"

"说得好！"有人大声叫好。

傅觉民的眼底映出一片氤氲："同志们，考验我们的时刻到了，我们要一起同舟共济过大河。"

人群中的王图南默默地朝傅觉民点了点头。

· 27 ·

这是王图南成为混改小组组长之后第一次和宋腾飞在天台见面，算算时间，两人已经有大半年没来过天台谈心了。天气闷热，高处也没有一丝风，周围死气沉沉的，宛如此刻沉寂的厂区。

宋腾飞看着满脸愁容的王图南，调侃道："迎宾的工作不好干吧？"

"是非常不好干！"王图南解开领口的纽扣，大口地喘气，"我真是佩服你啊，上得厅堂，下得厨房，上得实验室，下得办公室。"

"哈哈，少来！"宋腾飞拍了拍王图南的肩膀，"说老实话啊，一个月前，得知董事长任命你为混改小组的组长，并且专门负责招待客户的工作时，我心里是很不平衡的。对于这样的工作，我才更适合。当时我还向刘总争取过机会，可他却说是他向董事长推荐的你，董事长同意，班子会上通过的，走的是正规程序。"

"刘总？"王图南苦笑道，"这回我是相信他是恨我的了！冤冤相报何时了啊！"

"刘总是信任你！"宋腾飞面带微笑，"接待考察团，就是谈生意，咱们要全面地展现优势。海重的优势是啥？是墙上那些奖杯、专利、资质，还有过硬的产品。放眼整个海重，有谁比你更了解这些？刘总是在看人上还是很准的，你比我更适合。"

王图南摇头："适合又怎样，毫无进展！"

宋腾飞挑起了眉："一个有意向的客户都没有？"

王图南摇头又点头："几乎没有。一个月里，我接待了十多拨考察团，有来打听的，有想捡便宜的，有想浑水摸鱼的，还有想买地盖房子的。招待费花了不少，诚心来谈合作的一个都没有。"

宋腾飞叹了口气："看来真的要走清算破产那一步了。"

"再等等吧，越是这样大的投资合作，真正的伙伴就越慎重。咱们要沉得住气！"王图南想到昨晚李甜甜打来的电话，眼底充满了期待。父亲说得对，改革的路就是越走越宽，越改越好，要沉得住气！

"但愿吧！"宋腾飞刚想揶揄他几句，这时两个人的手机同时响了。

半小时后，王图南和宋腾飞跟随集团领导班子接待了海山市的张副市长和一行尊贵的客人。张副市长主动为海重站台，带来了合作意向非常强的南重集团。李甜甜作为南重集团海山市分公司的行政部部长也一起来了。

南重的董事长闫书明是标准的山东大汉，性格爽朗。他直接说出鉴于网上那些传言，起初他本人对这次合作是特别犹豫的。但是经过海山市高新区招商办的周芊素主任五次带队到南重总部诚心邀请，销售副总黄言东现身说法，以及李甜甜在集团的总结大会上详细汇报了海山市分公司运营情况后，他才下定决心来海重考察。最让他没想到的是张副市长会亲自来机场接机，这让他对海山市乃至东北的营商环境有了重新的认识。

"南重很有诚意成为海重的战略合作伙伴！"闫书明直接表明了态度。

傅觉民作为海重的董事长也表达了强烈的合作意向。

合作的大前提和基础有了，但涉及到具体细节的谈判却是是复杂且坎坷的。王图南和李甜甜作为双方代表见证了谈判的整个过程，经过一次次的拉锯战，反复讨价还价，一次次谈崩后又一次次重返谈判桌，双方终于在海山市各大媒体的闪光灯下，郑重签署了合作协议。

不过，海重和南重的联姻，才是刚刚开始。按照协议书上的约定，南重第一期将带来30亿的启动资金，计划年内投资3个亿，42%参股海重。协议书签订的第二周，南重带来了十五人的管理团队进入海重工作，李甜甜正是成员之一。海重也成立了对接小组，王图南、宋腾飞均在其中。

都说新官上任三把火，南重管理团队在海重的第一把火就是整合集团的组织构架，全部推翻了海重调整小组之前的工作。傅觉民以养病为由，交出了海重的经营管理权。随后，集团内部整合为销售分公司、财务分公司、采购分公司、设计分公司和生产指挥调度中心，也就是四公司一中心。而且所有岗位均实行开放式管理，竞聘上岗，一个人最多可以应聘两个岗位，并设立三到六个月的试用期。

消息一出，两家公司在经营理念上发生了巨大的碰撞。海重集团这个自认多年的老大哥第一次明白了"人在屋檐下，不得不低头"的道理。为了进一步实施细节，南重方面又具体提出了"全员竞聘，刚性考核，岗位靠竞争，收入凭贡献"的口号，强烈要求海重副总和中层以上的领导全部竞聘上岗。

在会议桌上，宋腾飞拿出了调整小组竞聘上岗的计划书，被南重一票否决。李甜甜起草了一份更详尽的竞聘计划书，投票人竟然是全体海重职工。于是一周后，第一场竞聘会在工人会堂举行，竞聘的职位是集团负责设备安全的副总经理和物资采购部部长，之前这两个职位的负责人分别是唐耀坤和佟连春。这两人是厂里出名的喝酒大王，在海重干了一辈子，现在就等着混退休了。

最初，在得知竞岗的时候，两人都没当回事，就随意地打了几个电话给自己拉票。到了会场才知道，拉票没用，投票人是随机产生的。按照规则，每个竞岗人有十五分钟的陈述时间，唐耀坤和佟连春刚好走了两个极端，唐耀春的话太多了，说了十五分还没切入正题，就被赶下去了。而佟连春的话又太少了，直接被定为缺少工作热情。最终他俩直接失去了现有岗位，进入了待岗中心。

经此一役，海重上下哗然一片。有人说好，有人说坏，有人跃跃欲试，有人心有不甘……

王图南的心里也有小小的失落，海重似乎真的不是从前的海重了。而李甜甜郑重地告诉他，这才是刚刚开始！

夜深人静，王图南忙完一天的工作，发现董事长办公室还亮着灯。他犹豫地上了楼，见到了面无表情的傅觉民。

"董事长，您怎么还不回家？"王图南关切地问道。

"竞聘会你去了吗？"傅觉民没有直接回答。

"嗯。"王图南轻轻点头。

"你觉得怎么样？"傅觉民嗓音沙哑地又问。

"唐总和佟部长都是对海重有过贡献的人，海重搬迁时，他俩是基建指挥部的负责人，吃住都在指挥部，连大年三十都在工作。他们不仅圆满完成了搬迁任务，还给海重省了六千多万的设备款。"

"是啊，他们跟了我一辈子，今天说撸就给撸了，我这个董事长也保不住他们！"傅觉民满脸失意。

"是不是再去谈谈？"王图南提出了建议。

傅觉民摇摇头："没用了，人家的经营理念是'不养闲人，一个萝卜一个坑'。这样也好,海重的负担太重了,以前我总不忍心下手,如果这次通过竞岗能精简机构,贯彻分配制度改革,我愿意让贤。"说着,他站了起来,胸前的厂徽闪闪发亮。

有了唐耀坤和佟连春的教训和经验,谁也不敢再轻视竞岗了。同时南重还大胆地启用一批新人,本来都想辞职走人的吴辽竞上了段长。没多久,和他搭班子的赵大鹏主动让出了车间主任的职位,吴辽成了海重历史上最年轻的车间主任。

吴辽很珍惜这次的岗位和机会,凡事都亲力亲为,铆足劲头干工作。可是他的妻子王默还活在上个世纪的海重,以为老公当官了,自己就是官太太了,工作态度急转直下。吴辽劝过她好多次,两人还为此争吵过,气得王默骂他是负心汉,依旧我行我素。没多久,王默违反了新的保管仓储规定,被辞退回家,她当着母亲和弟弟的面又和吴辽大吵了一架。

"你大小是个车间主任,就这么看着自己媳妇挨欺负?"王默哭唧唧地闹腾,"连待岗中心都没让我去,直接就解除了我的劳动合同!"

"我是车间主任怎么了?海重又不是咱家开的。"吴辽忍不住地反驳,"你有工夫好好学习一下仓储管理条例,你是老保管员了,怎么能不盘货就下班回家呢?"

第八章 | 艰难的磨合 |

"我不是着急回家给你做饭嘛！"王默很委屈，"仓库是零库存，没多少东西，啥时候盘货不行，非要周末盘货。"

"这是规定！现在的海重不是从前的海重了。"吴辽苦口婆心地劝慰着妻子，"行了，你也别上火了，先休息一段再说吧，出去散散心也行，以后就在家附近找个合适的工作。我今晚夜班，黑加白，不用给我留饭。"

说完，吴辽披着工作服匆匆忙忙地走了出去，屋里就只剩下了王家人。

王默不服气地抹眼泪："你们看看，这才刚当上车间主任，就给我脸色看了，以后的日子怎么过啊！"

王励劝慰道："姐，你别胡搅蛮缠了。姐夫说得没错，现在的海重的确不是从前的海重了。从前你还能混口饭吃，现在海重需要真才实学的人，你的确不适合保管员的工作岗位。"

"你咋胳膊肘往外呢？海重还是海重，不能随便开除我。"王默摇晃着母亲的胳膊，"妈，明天您陪我去单位找找刘叔，必须给咱们一个说法。"

"这个……"老太太试探地看向王励。

"看他干什么？他的汽车修理厂进入了集团的采购名单，正想着和那些大领导同流合污呢。"王默白了王励一眼。

"你弟弟说得好像有点道理啊……"老太太小声嘀咕。

王默急了:"妈,你怎么也糊涂了!"

"姐,妈没糊涂,姐夫也没糊涂,糊涂是你啊!"王励激动地站了起来,"我的汽车修理厂确实是进入了海重集团的采购名单,那是我经过公平公正的投标程序争取来的。你走出来看看吧,外面是怎样的世界,别困在旧海重的那一亩三分地里了。"

"你真的没找人活动?"王默质疑,"没去送礼,给回扣?"

"绝对没有!"王励满脸诚恳。

"不可能啊,这不是海重的习惯。"王默怔怔地坐在沙发上。

"姐,人人都说改革不好,可是我觉得挺好的。它给了姐夫施展才华的机会,给了我公平竞争的机会,都在往好的方向改。我听说这次竞岗把那些不管事的、捞好处的销售管理岗都撤销了,这就是巨大的进步啊!"王励的语调重了几分。

"那我怎么办?我能干什么?"王默伤感地摸着肚子,"我没学历,没手艺,已婚未育,能去哪里上班?哪个单位肯要我?"

"来我的修理店啊!"王励兴奋地说道,"我早就想让你来了,就怕你舍不得所谓的铁饭碗,所以一直没敢和你说。现在正好,你明天就来上班。"

"对,对,店里得有自家人!"老太太喜上眉梢。

王默转动眼珠:"那你给姐开多钱啊?我以前可是有五险

一金的。"

"这个数！"王励做了个手势。

"五千！"王默激动地从沙发上站了起来，"这是我从前工资的两倍。"

"干得好还有奖金呢！"王励故意卖起了关子，"你就等着数钱吧。"

"好，好！姐一定给你好好干！"王默的心里笑开了花，或许她的思想真的落后了，要迎头赶上才行！

· 28 ·

王图南多了一个"四郎"的外号，他不懂是什么意思，直到听到有人喊李甜甜"铁镜公主"，他才明白了其中的道理。原来大家引用了杨家将中杨四郎迎娶敌国铁镜公主的故事来调侃他俩，同时这也意味着海重的职工将南重视为了洪水猛兽般的敌国。

如今，两家的竞争进入了白热化，各种实际工作中的分歧更是矛盾重重。在没有找到适合的解决方法前，南重处处罚款，海重处处防备。于是海重内部开始自动地排斥南重，王图南和李甜甜的关系也变得有些微妙，好在有前车之鉴，小矛盾尚在承受和掌握的范围之内。

　　堆积如山的行政事务牵扯了王图南太多的精力，他一直惦记着 510 项目，因此主动申请离开对接小组，想回到原来的第一实验室，可是傅觉民一直没松口，于是王图南只能利用每天午休的时间回实验室坐一会儿。

　　第一实验室里，郭靖因为没按规定时间去食堂吃饭被罚款二百块钱，影响了一周的好心情。

　　"行了，不就是二百块钱嘛，"张巍劝慰道，"周末我请你吃顿好的。"

　　郭靖板着脸愤愤不平地说："这不是钱的问题，是面子问题。我就不懂了，为什么吃个午饭都要立规矩？工人先吃，管理岗后吃，没按时间还要罚钱。"

　　"这不是照顾工人师傅嘛！你消消气，其实这是好事，现在食堂的伙食多好啊，连打饭大姐的脸上都有笑容了，那叫微笑服务。"张巍说着比画出笑脸的样子。

　　郭靖开始较真："可是罚款这个事情，是不是违反了劳动法？我查过相关法律条文了，我提前去食堂吃饭没有给单位造成任何损失，凭啥罚款？"

　　张巍慢悠悠地说道："你以为南重的法务是摆设？全在人家的掌握中了。"

第八章 | 艰难的磨合 |

"咋掌握？我去申请劳动仲裁告他们！"郭靖犯起知识分子的倔强。

张巍劝慰道："你去看看咱们新签的用工合同，收入是由基本工资、绩效奖金、司龄、补贴等等组成，落在纸面上的是基本工资，简直少得可怜。人家现在扣的是绩效奖金那部分，无论咋扣，你到手的钱都不会低于基本工资的，完全符合合同，你凭啥仲裁？"

"这、这太……"郭靖瞪大眼睛，"太过分了！"

王图南听后沉默无语。

"服从领导吧，"张巍叹了口气，"谁叫人家有话语权呢。"

郭靖还是噘着嘴："王哥，你就不能和他们反映一下情况吗？我就不懂了，他们控股42%，我们控股58%，我们还是第一大股东，应该有话语权！"

王图南放下手中的文件夹靠在椅子上："有时候，我也很矛盾。我们是做技术的，不懂市场。现在是现金为王的时代，我们的确控股58%，但是我们入股的是固定资产，是厂房，是设备，人家拿来的却是真金白银。协议书上写得清清楚楚，南重拥有企业的经营管理权。或许在有些地方，他们是管得有些过，可是有些地方却做得很好。人家虽然是民企，党建工作却一点不马虎，提出了既有利于国家又有利于企业还有利于员工的理念，比我们想得周全多了。"

"是啊，现在工资比以前也高了，核算你们知道吗？销售分公司那边的提成是合同额的3%，利润超过20%的项目甚至可以拿到合同额的6%。我同学上个月拿到了六位数的收入，看得我都想去了。"张巍羡慕地说。

"就你财迷！"郭靖挖苦道。

"不仅如此呢，全厂号召全员销售，全员清欠。昨天下达的公告上说，谁能将陈账、旧账、死账要回来，会根据金额给提成，最高的可以提合同额的10%呢。"张巍眨动着大眼睛，"如果要回上亿的欠款，下半辈子就财务自由了。"

"少想美事了，要真是能要回来，海重能到今天这一步？"郭靖泼冷水，"就是要回来了，也不够罚款的。你要是打个盹，算你睡岗，直接劝退回家了。话说这个睡岗的惩罚可真严厉啊！"

"放心吧，睡岗回家的就一个人，还是他们南重的副总。再说罚款也没单单罚咱们呀，南重的司机因为超速，被调到保卫处看大门了。"张巍坏坏地笑道，"铁镜公主，不，不，是李部长，因为连带责任，也被通告批评了一次。"

王图南苦笑，看来他投靠敌国的罪名算是落实了。

张巍不好意思地挠头："嘿嘿，王哥别生气。其实南重的理念挺好的，听说睡岗回家是算劝退，但也给出了N+2的工资补偿，南重在对待离职职工这块是绝对够意思的。对了，他们还提出了无纸化办公，节约能源，我觉得特别好。"

"这都是小事，南重不来，咱们实验室也是无纸化办公。"郭靖叹了口气，"照这么下去啊，海重真是要变天了！"

王图南没吭声，关于两家企业的磨合问题，他和李甜甜曾经深入讨论过，他们一致认为最根本的原因并不是技术和管理层面的磨合，而是思想的统一。海重的职工还是以前固化的国企思维，傲慢，且缺乏灵活性，觉得自己什么都行，怎么样都行。这次南重直接收走了海重的管理权，海重毫无办法，矛盾接踵而至，南重这个外来的和尚实在没办法，只能采取严厉的罚款制度。连设备、车间、卫生、食堂这些细节都列入罚款的范畴了，就别提日常的工作了。

今天早会上，宋腾飞因为下错公司文件，这个月的 KPI 直接被评为最低的 D 档，正在闹情绪呢。其实这也不能苛责他，宋腾飞实在是太累了，工作强度非常大，每天都是凌晨才回家。磨合期的工作流程比较多，有些业务对不上，整合的四个分公司和一个中心的工作衔接不好，管理很是混乱。从前的合同由各个分厂执行，但在单位整合后，找不到对接人，这才直接导致了宋腾飞的文件出现纰漏。宋腾飞满肚子的委屈，要给南重的董事长闫书明写信告状。

王图南忽然有种坐立不安的感觉，再这样下去，怕是要激化矛盾。果然是怕什么来什么，在这个炎热的午后，宋腾飞的怒火第二次穿透了整个会议室。

"昨晚开会到夜里十一点半，我到家都凌晨了。中午眯一会儿，居然警告我睡岗？这合理吗？按理说我今天都可以申请调休不来上班的！你们民营企业是不是从来不把员工当人，认为我们都是不需要休息的机器？你们定的制度简直比过去的黑心资本家还恶毒！"

王图南的内心很焦虑，睡岗是南重的红线，处罚严厉，主要针对一线职工松散的工作态度。但是上有政策，下有对策，一些对定岗不满意的职工四处找碴儿，寻摸南重的漏洞，终于拍到了南重副总经理于志河中午在办公室睡觉的照片。

于志河是南重的老员工了，跟着董事长闫书明走南闯北，无论人品还是工作能力都是相当优秀的。那天他实在是太累了，自从到海重工作后，他每天只睡四个小时，吃住都在海重的宿舍。按说休息一会儿本是人之常情，但较上劲的海重职工却咬住死理不放松，直接将照片贴到了厂门口的宣传栏上，导致全厂上万名职工都关注起了这件事，积压已久的矛盾终是爆发了。没多久，为了安抚海重的众人，南重下了通告：于志河同志调离现岗位，改任江西分公司某部门主任。

今天，宋腾飞撞到了于志河的助理——小荀的枪口上。小荀将宋腾飞发错文件的事情直接在会上挑明了："你这是严重的工作失误！谁不加班？谁不累？这就是你工作态度有问题！"

"你说谁工作态度有问题？"宋腾飞气得拍起了桌子。

李甜甜急忙朝王图南使眼色，王图南赶忙拉住宋腾飞："消消气，回去再说。"

宋腾飞甩开了他："不必了，就在这里说清楚。我想我问问南重的各位，文件上的对接人都是过期的，这点你们心里不清楚吗？还有，你们天天挑我们海重的毛病，说我们这也不行那也不行。好，我们承认自身有问题，但是我们做工作靠谱！就拿质量体系认证来说吧，以前我们都是提前一个月在厂内内部自检，查缺补漏之后再去上报。你们倒好，要求一周之内必须完成！这怎么可能完成的了？！哪个万人规模的制造大厂能在一周之内通过国家级的质量体系认证？"

南重工作组的成员一言不发，这的确是个棘手的问题。每个人都希望能尽快进入正轨，可哪是容易的事？

李甜甜打起圆场："宋主任，这件事情我们再讨论一下，暂时先让你受委屈了。"

"谁没有委屈！"小荀咄咄逼人，"于总一身的病，还不是天天工作到深夜？他现在工作的地方又潮又冷，你们知道他的风湿病有多严重吗？他容易吗？"说到这，小荀的眼眶红了，他咬着牙说道，"同样都是处罚睡岗行为，凭什么就你觉得委屈？哼！今天谁也不能例外！"

李甜甜看出了会场的气氛开始失控，赶忙抢白道："对于管理制度中不合理、不科学、不够人性化的条款，我们可以再开会研究解决方案，大家都先冷静……"

王图南紧张极了，下意识地去抓宋腾飞的衣襟，可居然抓空了！只见宋腾飞嗖地站了起来："不必费心说教了，我主动辞职！"

"腾飞！"王图南用力地拦住他。

宋腾飞倔强地又重复了一遍："我主动辞职！"

"我尊重宋主任的决定！"小荀冷冷地说道。

宋腾飞当即转身，头也不回地决然而去。

小荀没有理会，冷着脸继续公事公办地说道："经过这段时间的磨合，海重的设备、生产、销售等环节已经逐步走入正轨。我们下一阶段的工作重点是抓生产，把效益搞上去！"

王图南好像灵魂出窍一般怔在原地，似乎周围的一切都在飞速地模糊起来，他感觉自己的心里空落落的。

第九章

我们都是奋进者

"中国梦是我们这一代的,更是青年一代的。"

· 29 ·

宋腾飞离开海重的那天，王图南没有去送。他担心宋腾飞的自尊心受不了，更担心自己过不了心里的那道坎。

从大学开始，他和宋腾飞在一起的时间比和父母的都长。他们一起上学，一起吃饭，一起工作，一起争吵，一起大笑，一起喝醉，一起分享人生的失意、幸福、苦恼、快乐、无助，还有迷茫和情感。磕磕绊绊了这么多年，他们是同学，是朋友，是战友，是同事，也是对手，他们是世上最懂彼此的人！

而现在，他们分开了。他从未想过两个人会分开，更没想过宋腾飞会以这种方式离开海重。整件事谁也没有错，大家都付出了努力，都对得起自己的良心，只是委屈了于志河和宋腾飞。

王图南和李甜甜深刻地探讨过这个问题，李甜甜更是以南重的名义向他道歉，这是不必要的。但是这次，两人都没有因为彼此的离场而情绪波动。他们都知道，这是一场垒石头般的合作，每个棱角，每个空位都要严丝合缝地对接。只有铺平了道路，海重才能生出新的枝丫，完成几代人的历史使命。

一周后，南重给海重调来了一员大将——十分了解东北的销售副总黄言东。至于宋腾飞呢？李甜甜说郭美娜怀孕了，他肩膀上的担子又重了。

一想到宋腾飞离去的种种，王图南的心里就空落落的，有说不出的窒息感压迫着他，仿佛有一根长满荆棘的枯藤紧紧地勾着他的肉，那是不舍的情分。

王图南站在天台上，远远望着走出大门口的宋腾飞，眼角无声地滑落两行热泪。宋腾飞缓缓走远，却忍不住倏然回首，他望着海重的大门，俊朗的脸颊挤出一丝生硬的笑意……

"在这里送战友呢！"毕心武背着双手走到王图南的身边。

王图南捋了捋头发："毕院长。"

毕心武摆手："我已经不是院长了，叫我毕叔叔吧。"

王图南知道，南重和海重签订的协议书里有清退职工的条款，年龄卡在五十七岁，相关人员办理提前内退，每个月缴纳保险，只开基本工资。毕心武今年五十八岁，也在清退名单上。

"您别这么说，名单还没有最后敲定，而且拥有高级职称的员工不在清退范围内。"王图南急切地说道。

"算了，我干了一辈子，也没什么成绩，还是把机会让给真正有能力的人吧。我听说黄总从国外高薪聘请了专家担任设计院的新院长，还从南方一所知名的985高校招了一批研究生来补充技术力量。南重如此下血本地招人，我走了也是放心的。我今天来，是送你一样东西。"说着，毕心武将一个粗糙的机床模型送到王图南面前。

"6136？"王图南认出了模型的型号。

毕心武的眼神变得明亮起来："对，这是当年我和你父亲研发的6136号机床，这个模型就是我们当时一起做的。那时候政策不灵活，管这管那，我们想做点事情，束手束脚的。现在不同了，市场、平台都是你们的，就看各自的本事了。图南啊，老一代的传承不是嘴上说的，是发自内心的。目前海重在转型阶段，表面上看大家的日子不好过，但实际上，每个人的日子都好了，工作态度和工资最能说明一切。当然，也存在一些问题，需要用改革的办法去完善，去解决。人在这个时候不能意气用事，更不能浮躁。要踏踏实实地去做事，别忘记当年的初心啊！"

他将模型稳稳地交到王图南的手里："坚持走下去！"

王图南感受到了时代的潮流和肩上的重任："我一定会坚持走下去的！"

一周后，南重接手并升级了510项目的研发，由新来的孟院长带队，王图南以副组长的身份加入了研发团队。孟院长大胆地在新建的数控厂房引进终端机项目，从硬件设备上促进了新产品的研发进程。王图南带领团队不分昼夜地反复试验、调试、采集数据，大家的干劲很足，一切都在朝着好的方向发展着。

· 30 ·

宋腾飞的日子过得还算不错，他离开海重的第二天就找到工作上班了。干的还是老本行——机械工程师，职位是技术部部长。

新单位他很熟悉，就是当初被刘晓年贱卖的普通机床分厂。厂区、生产线、产品他都熟悉，厂内的工人也认识一多半，这里简直能算是海重二厂。就是产品的颜色有些变化，以前机身是浅绿色的，现在变成了红黄相间的颜色。车间的黄主任介绍时说："老总迷信，说红色和黄色热度高，能挣钱，所以就改了。"宋腾飞没说话，在海重待久了，总觉得还是以前的浅绿色更好看。

黄主任又啰里啰唆地说了不少关于生产和产品的事情,宋腾飞没太在意。他从前在普通机床分厂实习过,知道那的产品机械性能稳定可靠,是市场上最为实用、占有率最多的产品。但是现在的制造企业对机械机床的需求量在日益减少,对数控产品的需求急速增加。

宋腾飞在厂区转悠了一圈,在回办公室的路上遇到了一个老熟人——原海重的废料仓库主任张伯军。他还是从前的打扮,穿着海重的工作服,手里拎着一大把哗啦哗啦响的钥匙。

"宋主任!"张伯军热情地和宋腾飞打招呼。

宋腾飞礼貌地回应:"张主任。"

张伯军摆摆手:"哎呀,我在就不是什么主任了!风水轮流转,在哪都是混口饭吃。你脑子活,懂变通,早就应该离开海重了,在那受气干啥?"

宋腾飞有点不好意思,看来自己的事情大家都知道了。

张伯军晃悠着钥匙盘:"没事,这比海重强!老总大方,工资又高,你算是来对地方了。"

"老总是谁啊?"宋腾飞好奇地问道。

"老总啊,"张伯军神秘兮兮地说,"是咱们自己人!"

"哦?"宋腾飞觉得张伯军话里有话。

张伯军笑了:"晚上给你接风,到时候你就知道了。"

宋腾飞回到办公室琢磨了一整天,他做梦也没想到为他接风的居然是——刘学海!

傍晚,刘学海在饭桌上端起酒杯,说了一大堆场面话。宋腾飞有些发蒙,南重和海重混改之后,刘学海依旧是运营保障事业部的主任,工作关系仍落在生产指挥中心,他怎么会是普通机床分厂的幕后老总呢?这可是上亿元的生意啊!

宋腾飞的心情很复杂,他想立刻转身离去,但是他又想知道真相,为海重挽回损失,挖出蛀虫。当他咽下辛辣的酒水时忽然有种错觉,就仿佛他没有离开海重,他的思维、想法、初衷、希望都还留在海重。关于海重的一分一毫,他都是在意的、珍惜的,他不允许任何人破坏海重的荣誉,更不允许任何人伤害海重的利益。于是他按下心来,客客气气地回敬了刘学海。刘学海很高兴,讲了许多哥们儿义气的话,更是画了一张比月亮还大的饼。张伯军附和得最欢腾,而坐在对面的吴连学则一言不发。

对于吴连学,宋腾飞之前一直和他没什么交往。吴连学是普通机床分厂的车间主任,技术过硬,话不多,但句句呛人。平日里最爱打麻将,就差把麻将桌支到车间了。当初卖普通机床分厂时,他第一个不同意,还带着工人们找刘晓年闹过事。

于是刘晓年承诺留人不留厂,吴连学就这样被分到了二车间。

这次竞岗,吴连学吃了不会做 PPT 也不会讲演的亏,没竞上车间主任,被分流到了待岗中心。待岗中心其实就是遣送点,一天打五遍卡,一个月一千五百元的工资,就是劝人离开。有人熬不住了,选择了自动离职,吴连学就是这样离开海重的。

"刘哥、张哥、吴哥,我先干为敬了!"宋腾飞端起酒杯。

"好!以后都是一家人!"张伯军笑呵呵地喝下。

吴连学没吭声,闷头喝酒吃菜。

刘学海一脸骄傲:"海重真是自毁前程啊,把好手都送到我这里了。好!真好!咱们这现在有技术,有大拿,有劳模。你们今后跟我干,天天有酒有肉!"

"干杯!"张伯军兴奋地调节着小气氛。

宋腾飞端杯的瞬间,发现吴连学一直在盯着自己……

第二天一上班,吴连学就将宋腾飞堵到了一个偏僻的角落。

"你哪伙的?"吴连学点了根烟,简单利索地问。

"我?"宋腾飞愣住了,看来昨晚他的感觉没错,这里面有文章。

"刘晓年不知道这事,他被蒙蔽了。"吴连学说着猛吸了一口。

"他们是怎么做到的？"宋腾飞既震惊又喜悦。刘晓年果然在大事上从来不糊涂，心里始终装着海重，不可能做出损害海重利益的事情。不过这些年，他太信赖刘学海了，总以为刘学海是和他是同一类人。但实际上，刘学海和他有着天壤之别。

吴连学笑道："刘学海利用刘晓年着急用钱的心理，摸准了刘晓年的命脉，骗取了他的信任，拿到了海重的底牌。刘学海运用关系从银行贷款，又拜托一家南方的客商替他签订合同。他知道普通机床分厂的利润，所以只要买下来就稳赚不赔。"

"就这么简单？"宋腾飞瞪大眼睛，这在外人看来几乎不可能的事情，刘学海就这么瞒天过海地办成了？海重上上下下就没人知晓？

"说简单就简单，说难也难。我来这里三个多月了，大致摸清了情况。"吴连学吐着混沌的烟圈，"刘学海平时不来，除了张伯军、我、保管员小荆，其他人都不知道他就是幕后的老总。昨天是你面子大，刘学海才来露个面。"

"我面子大？"宋腾飞摇摇头。自己几斤几两他还是知道的，刘学海根本不可能因为自己的面子而轻易现身，除非自己还有另外的价值。

想到这，宋腾飞有些懊悔这么快就无缝连接地入职新工作了，可是他实在没有办法，他和郭美娜是标准的月光族，每个月的房贷压力很大。而且现在郭美娜已经有了身孕，还有半年就生了，他必须要挣钱养家，这是他作为男人的责任。但是他不能昧着良心挣钱，尤其是不能挣损害海重利益的钱。

"是有阴谋吧？"宋腾飞直白地问道。

吴连学使劲吸了几口烟，随后直接掐灭了烟头。他抬起泛黄的手指："你小子行，我没看错人，我带你去看看。"

他们一起走进了那间借口检修维护的厂房，只见里面堆放着如山的床头、床鞍、床身、台尾等零乱的机床配件，每个床身上都打着海重的标签，外人看过去还以为这都是海重的产品。但宋腾飞一眼就看出了问题所在——床身的钢号不对，配件也都是当地五金城的质量水平——这些都是小作坊的仿制品。

"他们在挂羊头卖狗肉？"宋腾飞气愤地攥紧了拳头。

"还有这些呢！"吴连学说着捧出了一摞盖有海重红戳的合格证和设备质检报告。

"太过分了！"宋腾飞已经愤怒到了极点。

吴连学点点头："普通机床分厂虽然已经卖了，但是详细的内情外界不知道,都以为它还是海重的。刘学海就利用了这一点,对外说他是海重的独家代理商,卖这种仿造的劣质件。你看看这些破玩意儿,质量多次啊!简直是在砸海重的牌子!"

"吴师傅,你说,咱们怎么办?"宋腾飞绷紧了神经。

"嘿嘿,"吴连学的眸心闪过一抹亮色,"小时候我最爱看《林海雪原》,没想到还真给我施展的机会了。"

宋腾飞苦笑着说出三个字:"无间道!"

· 31 ·

自从接了宋腾飞的电话,王图南的心情一直很烦躁。傅觉民的身体不好,现在又住进了医院,他不能去雪上加霜给他添堵。毕心武内退离职,他也不便去打扰。他该怎么办呢?王图南在厂区转了好久,兜兜转转的脚印就如同他凌乱的心情,怎么找不到出口和方向。

他一直觉得自己很强大,强大到敢于一次次去揭海重的底,去说别人不敢说的话,去做别人不敢做的事。但此刻他才发现,原来自己是这般的懦弱。没了傅觉民和毕心武的庇护和指引,他是迷茫且焦虑的。

"你要尽快成长起来,担起肩上的重任!"傅觉民和毕心武都对王图南说过同样的话，此刻他无情地剖析着自己，发现自己依然是个稚嫩的、简单的，甚至是有些理想主义的青年。他一直想踏踏实实地做技术、搞研发，不愿意和人打交道。机械设备是他最好的朋友，它们坏了就不工作，修好了就能继续运转，一就是一，二就是二，没有隐瞒，没有阴谋，更没有争执。可是实际的工作哪能如此简单，谁也逃不脱这人和人紧密相交的社会。

王图南失落地停下脚步，他又来到了那个僻静熟悉的角落。前一段时间厂区内大扫除，重新整顿了厂区厂貌，之前放在那的保险箱、长条椅都被收走了，大杨树的枝枝杈杈也修整过了，唯一没变的是树上的小家雀，它们还是叽叽喳喳地叫着，而且数量比以前更多了。王图南站在树下，想起了当年的夏山川。果然是世事无常，宋腾飞现在不就是另一个夏山川吗？那么，自己呢？

"好徒弟，想我了吗？"一个粗犷的声音从墙外传过来。王图南如梦初醒，只见夏山川正推着自行车站在墙外，车把上挂着一个买菜的竹筐，竹筐里装着大黄猫橘子，橘子睁开眼睛"喵"了一声。

"师父！"王图南激动地叫道。

夏山川笑了："门卫管得太严了，死活不让我进，我和橘子只能在墙外待了一会儿。"

王图南点点头:"是啊,单位混改了,管理更规范了,现在厂区内连私家车都不让进了。"

夏山川欣慰地应道:"好啊,这是好事!"

王图南看着夏山川花白的头发,关切地说道:"师父,您最近好吗?"

"你不怪我?"夏山川耿直地问。

"怎么会呢!我懂您的心思,咱们都是为了海重!"王图南坚定地说道。

夏山川的脸色渐渐地松懈下来:"图南啊,我读书少,不懂大道理。但是我认准一个理,人间正道是沧桑。不论到啥时候,只要走的是正道就别怕,就坚持走下去。"

"人间正道是沧桑……"王图南重复着这句话,似乎明白了什么,"谢谢师父!"

"好,我走了,有事去劳动公园找我。"夏山川骑上自行车,缓缓离去。

这时,李甜甜抱着天蓝色的文件夹匆匆走过来:"我就知道你在这里。终端机的第一批数据输送成功,集团召集销售分公司和你们设计院开个会,议题是下一步的销售计划。"

王图南笑着说:"我已经知道了,销售计划方案早就拟出来了。不过现在,我有一件更重要的事情要做。"

"啊?"李甜甜一脸迟疑。

纸是包不住火的,隐藏在洞穴里的黑暗终有分崩离析的那一天。

南重方面对王图南汇报的问题非常重视,在本着对刘晓年和刘学海两位同志负责的精神,公司专门成立了核查小组,详细地调查了当年卖掉普通机床分厂的合同和相关档案。一查不要紧,竟然发现刘学海委托南方的那家公司付出的最后一笔尾款是由商业银行承兑汇票来支付的,而这张承兑汇票迟迟没有兑现。

周末晚上,王图南拨通了宋腾飞的电话,详细说了初步的调查结果。

坐在办公室里收集证据的宋腾飞压低了语调:"太好了。"

王图南松了一口气:"海重的法务部会接手这件事,为海重挽回损失。"

宋腾飞将电脑里的文件拷贝到U盘里:"我也拿到了他们造假、贩假的证据,这次他们不仅要把厂子还给海重,还必须对海重做出赔偿!"

"你要注意安全!"王图南小心提醒道。

"放心吧,我会武功的。"宋腾飞拔下了U盘。

突然,张伯军破门而入,皮笑肉不笑地说道:"宋部长加班呢?"

宋腾飞急忙挂断电话:"美娜,我马上回家,等我吃饭哈!"

电话那头的王图南顿时站了起来,宋腾飞这是在向他示警!不好,出事了!王图南冒着寒风,义无反顾地冲进了黑夜里……

宋腾飞的确出事了。

张伯军将他和吴连学捆在了一起,骂骂咧咧道:"一个老瘪犊子带着一个小瘪犊子能折腾出来啥?放着阳关大道你们不走,非得过独木桥。刘总对你们不薄啊,一个月开上万块的工资,年底还有分红,咋就不知足呢!等着吧,看看刘总咋处理你们!"

"张伯军,我瞧不起你,呸!"吴连学愤怒地吐口水。

张伯军横眉竖眼:"行,我敬你是条汉子,看看你嘴硬到什么时候!还有你!"他捏着宋腾飞的手机,狠狠地瞪了他一眼。

宋腾飞的心里很平静,至少 U 盘是安全的。

刘学海连夜赶到了,他的表情很严肃,眼神更是冷漠,十足一个贪婪狡诈的商人嘴脸:"把事情压下去,我给你们每个人百分之五的股份!"

"那海重呢?"宋腾飞愤怒地质问道。

刘学海笑了:"海重是啥?我二叔在海重干了一辈子,得啥好了?连送孩子出国的钱都是和我借的。我当初劝他干票大的,直接退休算了。他说啥也不干,还把我从铸造分厂拽下来,弄到了运营保障事业部。以后我再找他,他就告诉我消停点。现在好了,他也折腾不动了,糖尿病、三高、心梗,下周心脏搭桥。我问你们,海重给他啥了?一身病!一身骂名!"

"刘总心里装的是海重,海重人不会忘记他!而你,是可耻的蛀虫!"宋腾飞激动地说。

刘学海转过身:"少拿那些大道理压我!蛀虫就蛀虫,有人想当蛀虫,还没这个本事呢!这年头,人不为己,天诛地灭!你们自己选择,愿意跟着我干,就有钱一起赚。要是不想跟我干,就别怪我不讲情分!电弧炉一千七百度,啥也剩不下!"

吴连学急得大骂:"你这个白眼狼!"

"不用夸我,我不白,就是狼!"说着,刘学海示意张伯军动手。

张伯军没敢动:"刘总,人命关天,不至于啊……"

刘学海冷笑着从车上叫来两个头发焦黄的小伙子:"老张啊,你干不了大事呀!"

两个小伙子粗暴地将宋腾飞和吴连学连拉带拽地往车上送。

张伯军急了:"刘总,咱们都是海重人啊!"

"你别管!"刘学海暴怒地指着张伯军。

张伯军心一横,直接扑向了刘学海,刘学海猝不及防被撞了个趔趄,两个黄毛小子立刻气势汹汹地围了上来。张伯军手撕牙咬、左踢右踹,声嘶力竭地喊道:"小宋!老吴!快跑啊!!"

宋腾飞和吴连学慌手慌脚地互相解着绳子,黄毛小子见状又火速骂骂咧咧地欲折返回来,众人扭打在一处,现场顿时乱作一团。

宋腾飞在晕倒的前一瞬间听到了警车的声音,他硬撑着把U盘交到了王图南的掌心里:"图南,我……完成任务了……"

"腾飞!"王图南抱紧了怀里的兄弟,"腾飞!"

· 32 ·

"菜来喽!鲇鱼炖豆腐,嘿嘿,这是给我媳妇做的下奶汤!"穿着围裙的宋腾飞俨然一副家庭夫男的打扮。

经历过那场惊心动魄的考验,一切终于真相大白。刘学海及团伙成员因涉嫌诈骗、绑架、贪污受贿、职务侵占、造假贩假等多条罪名被公安部门收押。刘晓年得知情况后,直接住进了重症监护室。而普通机床分厂也暂时封厂,海重的法务部正在积极地向法院提出诉讼,争取早日解决这个棘手的问题,挽回海重的损失。

这段时间,宋腾飞什么也没干,就在家照顾坐月子的郭美娜和女儿。今天是女儿的满月酒宴,他做了几个拿手菜,请王图南、李甜甜来家里聚聚。

这会儿,粉粉嫩嫩的宝宝睡得正香,李甜甜见了连呼吸都变轻了。郭美娜开起玩笑:"你和王图南赶紧结婚,也生一个!"

李甜甜红着脸不说话,王图南倒是大方地说:"我先预约了,咱们结个亲家!"

宋腾飞从厨房里走过来,笑道:"那要看你儿子的本事了。"

王图南挺直腰板,自信地说道:"放心吧,我王图南的儿子,指定差不了。"

"哈哈哈。"两个好兄弟心照不宣地相视而笑。

李甜甜有些不好意思了,她最擅长转移话题,于是说道:"宋垒怎么没来呢?"

| 奋进者

郭美娜笑了:"宋垒的房产中介干得正红火,现在估计正忙着呢!他帮我们还清了贷款,还要雇个育儿嫂照顾孩子呢。"

"真好啊!"李甜甜吃惊地吐了吐舌头。其实刚才的话,她说完就后悔了,她担心伤害了宋腾飞的自尊心,没想到他早就知道了。

宋腾飞笑了:"我在医院的时候见过宋垒,他说我永远是他的榜样,是宋家的骄傲。其实他现在干得那么好,他也是我的榜样和骄傲!说起来我要谢谢你和图南,谢谢你们帮助宋垒,替我这个大哥照顾他。"

"这就说远了!"王图南比画出常用的手势,宋腾飞打出相同的手势回应。

宋腾飞继续说道:"下个月,宋远也会来海山市。他喜欢做菜,我帮他联系了高新区的厨师学校。以后我们宋家三兄弟都会在海山市扎根的。"

"是啊,以前我总觉得适者生存,靠自己留在大城市才是真本事。可是那是自然规则,人是有感情的,亲人间、朋友间就应该互相帮衬,这样才温暖。"郭美娜的脸上满是慈爱,"是不是,小温暖?"婴儿床上的宝宝睡得很是香甜,娇嫩的唇上裹着一层淡淡的奶色。

宋腾飞轻轻摇晃着婴儿床,柔声说道:"小温暖说,当然啦！"

屋内一片祥和、喜悦的气氛。

酒足饭饱之后，郭美娜抱着孩子和李甜甜在卧室说悄悄话，王图南和宋腾飞负责打扫战场。王图南将碟子放在水槽里："王欣宇自己干公司呢！"

宋腾飞笑了："还是你看得准！"

王图南叹了一口气："他做了我想做却不敢做的事情。"

"你也想离开？"宋腾飞满脸吃惊。

王图南摇摇头："那都是过去的事情了。你呢？有什么打算吗？"

"投简历，找工作，上班！"宋腾飞的心态不错。

"海重也在招人，不如……"王图南劝慰道，"我们还可以并肩作战。"

宋腾飞顿了一下，将洗好的盘子放进拉篮，低沉地说道："谢谢你，图南！"

"回来吧！"王图南又重复了一遍。

宋腾飞靠在橱柜前，俊朗的脸上闪过一丝落寞："说实话，刚离职那会儿，我每天晚上都梦见回海重。梦见设计院的大楼，实验室的工作台，车间的休息室，连挂在大门口的大红灯笼我都想念。那段日子我整夜睡不着觉，埋怨自己太冲动。真

| 奋进者

是离开了才真正知道海重的好啊！"

"我懂……"王图南欲言又止。

"可是，再美好的回忆，再留恋的经历，终究都过去了，我宁愿记住它最好时的模样。外面的世界那么大，我想去看看。"宋腾飞洒脱地舒展着筋骨，"有些鸟注定是关不住的，它们的羽毛太闪亮了。"

王图南感受到了宋腾飞浑身的力量，他欣慰地说道："我尊重你的决定。"

宋腾飞拿起毛巾擦干双手："你看新闻了吗？海山市有一家高新技术的新国企正在招聘，他们主要是研制人工智能和机器人方向的。我投了简历，下周就去面试了。"

王图南眼前一亮："我知道他家，我们还有一部分的业务往来。他们是高新技术企业，发展势头迅猛，员工的平均学历都在本科以上，你去了要加油呢！"

"一切从零开始奋斗！"宋腾飞的脸上充满了对未来的憧憬。

海山是一座深情的城市，老城区焕发着新颜，每个人都行走在奋斗的大路上。

明亮的行政审批大厅内，周芊素热情耐心地为企业排忧解难，每一个服务窗口都摆放着醒目的宣传标语。

宋腾飞顺利进入新单位，加入了研发仓储机器人的团队。

王励的汽车修理厂蒸蒸日上，他又琢磨起新车租赁和二手车置换的新业务。

王默转变了老脑筋，自学财务，现在是修理厂的会计，还给附近的两家小微企业代理记账。

宋垒的第二家房产中介所隆重开业，他也开始带徒弟了。

郭美娜所在的外企在海山市加大了投资，建立了全球最大的汽车生产基地，那里平均每七十五秒就有一台新车下线。

所有人都在为美好的生活而脚踏实地地奋斗着！

海重集团步入新轨道，焕发着新气象。王图南所在的团队攻坚克难，经过无数个日夜的奋战努力，终于使海重真正拥有了一座现代化的数控产业基地。基地揭幕的那天，海重的老、中、青三代人都聚齐了，许多人都流下了激动的热泪。董事长傅觉民也在这一刻正式退休，王图南成为了海重设计院的副院长。王图南在海重小广场的那台崭新的数控机床前，向李甜甜求婚，两人的手紧紧地握在了一起。

一个时代结束了，又一个崭新的时代开始了。海重礼堂的大屏幕上滚动播放着激动人心的话语："中国梦是我们这一代的，更是青年一代的。"

这里有无上的荣耀，有难忘的伤疤，有凤凰涅槃的重生，

| 奋进者

还有无数追梦人的奋斗。改革的脚步从未停息,每一位奋进者又要扬帆启航了!

(全文完)